30

ANOS

"O maior de todos, o romancista mais genuíno que já existiu."

ANDRÉ GIDE

"Adoro ler Simenon. Ele me faz pensar em Tchékhov."

WILLIAM FAULKNER

*"Soberbo... O mais viciante dos escritores...
Um contador de histórias singular."*

THE OBSERVER

"Intenso, implacável, brilhante."

JOHN GRAY

*"Um dos maiores escritores do século XX...
Simenon era inigualável na capacidade de nos fazer olhar para dentro, embora sua habilidade fosse disfarçada pela maestria em nos manter obsessivamente absorvidos por suas histórias."*

THE GUARDIAN

"Um escritor supremo... Vivacidade inesquecível."

THE INDEPENDENT

"Um escritor que, mais do que qualquer autor policial, combinava grande reputação literária com apelo popular."

P. D. JAMES

"Um escritor maravilhoso... admiravelmente fluente – lúcido, simples, absolutamente afinado com o mundo que criava."

MURIEL SPARK

"Seus romances são extraordinárias obras-primas do século XX."

JOHN BANVILLE

Georges Joseph Christian Simenon nasceu em 12 de fevereiro de 1903 em Liège, na Bélgica. Começou a trabalhar para um jornal local aos dezesseis anos. Aos dezenove, embarcou para Paris a fim de dar início à carreira de romancista. Começou a publicar histórias, sob vários pseudônimos, em 1923. Escreveu 75 romances e 28 contos protagonizados pelo comissário Maigret.

O total de sua produção ultrapassa os quatrocentos livros, entre os quais estão os famosos "romances duros", reputados entre os de maior densidade psicológica da literatura europeia. O realismo sombrio de seus textos fez dele um dos autores mais adaptados para o cinema e a TV.

Faleceu em 1989, em Lausanne, na Suíça, onde passou a maior parte da vida.

GEORGES SIMENON

A gafieira de dois tostões

Tradução
Eduardo Brandão

Companhia Das Letras

Grafia atualizada segundo o Acordo Ortográfico da Língua Portuguesa de 1990, que entrou em vigor no Brasil em 2009.

Título original
La Guinguette à deux sous

Projeto gráfico
Bruno Romão e Alceu Chiesorin Nunes

Capa
Alceu Chiesorin Nunes

Preparação
Leny Cordeiro

Revisão
Huendel Viana
Valquíria Della Pozza

Dados Internacionais de Catalogação na Publicação (CIP)
(Câmara Brasileira do Livro, SP, Brasil)

Simenon, Georges, 1903-1989.
A gafieria de dois tostões / Georges Simenon ; tradução Eduardo Brandão. — 1ªed. — São Paulo : Companhia das Letras, 2016.

Título original: La Guinguette à deux sous.
ISBN 978-85-359-2694-1

1. Ficção policial e de mistério (Literatura francesa)
2. Romance francês I. Título.

16-01076 CDD-843.0872

Índice para catálogo sistemático:
1. Ficção policial e de mistério : Literatura francesa
843.0872

[2016]
Todos os direitos desta edição reservados à
EDITORA SCHWARCZ S.A.
Rua Bandeira Paulista, 702, cj. 32
04532-002 – São Paulo – SP
Telefone: (11) 3707-3500
Fax: (11) 3707-3501
www.companhiadasletras.com.br
www.blogdacompanhia.com.br
facebook.com/companhiadasletras
instagram.com/companhiadasletras
twitter.com/cialetras

Sumário

1. O sábado do sr. Basso

Um fim de tarde radiante. Um sol quase meloso nas ruas calmas da Rive Gauche. E em toda parte, nos rostos, nos mil ruídos familiares da rua, a alegria de viver.

Tem dias assim, em que a existência é menos cotidiana e em que os transeuntes nas calçadas, os bondes e os carros parecem representar seu papel num espetáculo mágico.

Era 27 de junho. Quando Maigret chegou à entrada da Santé, o vigia enternecido observava um gatinho branco que brincava com o cachorro da leiteira.

Talvez haja dias em que até os paralelepípedos das ruas parecem mais sonoros. Os passos de Maigret ecoaram no pátio imenso. No fim de um corredor, interrogou um guarda.

– Ele já sabe?

– Ainda não.

Uma chave gira. Um ferrolho. Uma cela altíssima, limpíssima, e um homem se levantava enquanto seu rosto parecia buscar uma expressão.

– Tudo bem, Lenoir? – indagou o comissário.

Ele quase sorriu, mas uma ideia de repente endureceu seu

semblante. As sobrancelhas se aproximaram, desconfiadas. No lapso de alguns segundos esboçou uma expressão feroz, depois deu de ombros, estendeu a mão.

– Entendi! – disse.

– Entendeu o quê?

Um sorriso petulante.

– Não vai querer me enganar, hein? Se o senhor está aqui...

– É que saio de férias amanhã de manhã e...

O prisioneiro riu, um riso seco. Era um homem grande, de cabelos castanhos penteados para trás. Traços regulares. Belos olhos também castanhos. Bigodes finos que realçavam a brancura de seus dentes pontudos como os dos roedores.

– O senhor é muito gentil, comissário.

Espreguiçou, bocejou, fechou a tampa da latrina que, num canto da cela, tinha ficado aberta.

– Não repare na bagunça.

E, de repente, olhou nos olhos de Maigret:

– O recurso foi rejeitado, não é?

Era inútil mentir. Ele já tinha entendido. Andava de um lado para o outro.

– Eu não tinha esperança. Para quando é? Amanhã?

Enfim, na última palavra sua voz se velou e seus olhos colheram a luz do dia que penetrava por uma janela estreita, muito alta.

Na mesma hora, os vespertinos que os jornaleiros vendiam nos terraços dos cafés anunciavam:

O presidente da República rejeitou o recurso de Jean Lenoir, o jovem chefe da gangue de Belleville. A execução será amanhã ao raiar do dia.

Fora Maigret que, três meses antes, havia capturado Lenoir

num hotel da Rue Saint-Antoine. Um segundo a mais e a bala que o assassino atirava em sua direção o atingiria no meio do peito em vez de se perder no teto.

Apesar disso, o comissário tinha se interessado por ele, sem rancor. Primeiro, talvez porque Lenoir era jovem. Um rapaz de vinte e quatro anos que, desde os quinze, colecionava condenações.

Depois, porque era um sujeito de princípios. Tinha cúmplices. Dois deles haviam sido detidos no mesmo dia que ele. Eram tão culpados quanto ele e, no último caso, no ataque à mão armada a um cobrador, eles tinham ficado com uma parte maior que a do chefe.

Apesar disso, Lenoir os inocentava, assumia toda a culpa, se recusava a entregar os criminosos.

Não era esnobe nem fanfarrão. Não punha sua queda na conta da sociedade.

— Perdi! — contentava-se em dizer.

Estava terminado. Ou melhor, quando o sol que iluminava um pedaço da parede da cela se levantasse de novo, estaria terminado.

Lenoir, contra a própria vontade, fez um gesto sinistro. Enquanto andava, passou a mão na nuca, se arrepiou, empalideceu, sentiu necessidade de brincar:

— Cá entre nós, dá uma sensação esquisita.

E bruscamente, com um turbilhão de rancor na boca:

— Se pelo menos a gente fosse pra lá com todos os que merecem!

Observou Maigret, hesitou, deu novamente a volta pelo compartimento estreito, resmungou:

— Não é agora que vou começar a "entregar" alguém. Mas cá entre nós...

O comissário evitava olhar para ele. Sentia a confissão vir. Sabia que o outro estava tão furioso que um simples tremor, ou um interesse acentuado demais, bastaria para lhe fechar a boca.

— Naturalmente o senhor não conhece a gafieira de dois tostões. Bom, se for dar uma volta por lá, imagine que tem um cara, entre os habitués, que merecia mais do que eu estar amanhã na máquina...

Continuava andando. Não podia parar. Aquilo se tornava alucinante. Era a única maneira de trair sua ansiedade.

— Mas o senhor não vai pegá-lo. Olhe, sem dedurar, posso lhe contar uma coisa. Não sei por que isso me veio à cabeça hoje. Vai ver por ser uma história dos tempos de moleque. Eu devia ter uns dezesseis anos. Éramos dois a frequentar os cabarés e a bater carteiras. O outro, a essa altura, deve estar num sanatório. Já tossia...

Será que, agora, ele falava para se dar a ilusão de vida, para provar a si mesmo que ainda era um homem?

— Uma noite... Eram umas três horas. A gente ia pela rua... Não! Não vou dizer o nome da rua. Uma rua qualquer. Vimos de longe uma porta que se abriu. Tinha um carro encostado no meio-fio. Um sujeito sai dele, empurrando outro. Não, empurrando não! Imagine um manequim que você quisesse fingir que andava ao seu lado como se fosse um colega. Ele o enfia no carro, se instala ao volante. Meu amigo me lança um olhar, e pulamos no para-choque traseiro. Naquela época me chamavam de Gato. Não preciso explicar! Passamos por um montão de ruas. O cara que dirigia parecia procurar por algo, parecia ter se enganado... Depois entendi o que ele procurava, porque chegou ao canal Saint-Martin... Já adivinhou, não é? Foi o tempo de abrir a porta, tornar a fechá-la e pronto. Um corpo na água.

"Perfeito! O fulano do carro deve ter posto nos bolsos do defunto uns trecos pesados, porque ele não boiou nem um segundo.

"Nós dois, ali na nossa... Demos outra espiada. Pulamos de volta para o nosso lugar, só para ficar sabendo do endereço do freguês. Na Place de la République ele parou para tomar um rum no único café ainda aberto. Depois levou seu carro para a garagem e foi pra casa. A gente via sua silhueta detrás das cortinas, tirando a roupa.

"Durante dois anos a gente o chantageou, Victor e eu. Éramos novatos. Tínhamos medo de pedir demais. Cem francos de cada vez.

"Aí, um dia ele se mudou e não o encontramos mais. Não faz três meses eu o vi na gafieira de dois tostões e ele nem me reconheceu."

Lenoir cuspiu no chão, automaticamente procurou seus cigarros, resmungou:

– Quando um cara está numa situação como a minha, deviam deixá-lo fumar...

O raio de sol tinha desaparecido lá em cima. Ouviam-se passos pelos corredores.

– Não que eu seja pior que qualquer outro, mas devo confessar que o tipo de que lhe falo estaria muito bem, amanhã de manhã, comigo na...

Aquilo saiu de repente. Gotas de suor na testa. E, ao mesmo tempo, as pernas ficaram bambas. Lenoir sentou na beira do catre.

– Está na hora de me deixar... – suspirou. – Pensando melhor, não... Não! Que não me deixem sozinho hoje. É melhor falar. Olhe, quer que lhe conte a história de Marcelle, a mulher que...

Abriram a porta. O advogado do condenado hesitou ao ver Maigret. Exibia um sorriso de circunstância, para não deixar o cliente adivinhar que o recurso havia sido rejeitado.

– As notícias são boas... – começou.

– Deixe de conversa!

E a Maigret:

— Não vou lhe dizer até logo, hein, comissário? O senhor com o seu ofício, eu com o meu... e sabe o que mais? Não vale a pena ir à gafieira. O cara é tão esperto quanto o senhor.

Maigret estendeu a mão. Viu as narinas do homem tremerem, o bigodinho castanho se umedecer, os caninos apertando o lábio inferior.

— Isso ou a febre tifoide! — brincou Lenoir com um riso forçado.

Maigret não ia sair de férias, mas tinha um caso de bônus falsos que lhe tomava quase todo o tempo. Nunca tinha ouvido falar da gafieira de dois tostões. Informou-se com seus colegas.

— Não conheço. Fica onde? No Marne? No baixo Sena?

Lenoir tinha dezesseis anos na época do caso que contara. Logo o caso tinha uns oito anos, então certa noite Maigret abriu os dossiês dos casos arquivados daquele ano.

Mas não havia nada de sensacional. Desaparecimentos, como sempre. Uma mulher cortada em pedacinhos, cuja cabeça nunca fora encontrada. Quanto ao canal Saint-Martin, devolvera nada menos que sete cadáveres.

E a história dos bônus falsos se complicava, exigia várias diligências.

Depois precisou levar a sra. Maigret à Alsácia, à casa da irmã, onde iria passar um mês, como todos os anos.

Paris se esvaziava. O asfalto se tornava mole sob os pés. Os transeuntes procuravam as calçadas com sombra e todos os lugares estavam tomados no terraço dos cafés.

Te esperamos sem falta domingo. Beijos de todos.

A sra. Maigret reclamava porque, naqueles quinze dias, o marido não tinha ido vê-la. Era sábado, 23 de julho. Ele arrumou seus dossiês, avisou a Jean, o contínuo do Quai des Orfèvres, que certamente não voltaria antes de segunda à noite.

Na hora de sair, seu olhar bateu na aba do seu chapéu-coco que estava quebrada havia semanas. A sra. Maigret tinha lhe dito mil vezes para comprar outro.

– Vão acabar te dando esmola na rua.

No Boulevard Saint-Michel, viu um chapeleiro, começou a experimentar chapéus-coco, todos pequenos demais para a sua cabeça.

– Garanto que este... – insistia em repetir o aprendiz de vendedor.

Nunca Maigret se sentiu tão infeliz ao experimentar alguma coisa. Então, no espelho em que se olhava, percebeu um tronco, uma cabeça e, nessa cabeça, uma cartola.

Como o cliente usava um terno esporte cinzento, era engraçado. Ele falava.

– Não! Queria um modelo mais antigo ainda. Não é para usar...

Maigret esperava os novos chapéus que tinham ido buscar nos fundos da loja.

– É, digamos, para uma brincadeira. Um casamento de mentirinha que estamos organizando com alguns amigos, na gafieira de dois tostões. Vai ter a noiva, a sogra, os pajens e tudo o mais. Como num casamento na roça. Entendeu o que eu preciso? Vou ser o prefeito da cidade e irei celebrar o evento.

O cliente dizia aquilo dando boas risadas. Era um homem de uns trinta e cinco anos, rechonchudo, de bochechas cheias e rosadas, que dava a impressão de ser um comerciante próspero.

– Se tivesse um de aba plana...

– Espere! Acho que no ateliê tem exatamente o que o senhor precisa. É um encalhe.

Traziam para Maigret uma nova pilha de chapéus-coco. O

primeiro que experimentou coube. Mas o comissário se demorou, só saiu alguns instantes antes do homem da cartola e parou um táxi ao acaso.

Teve sorte. O outro, ao sair, entrou num carro estacionado ao meio-fio, sentou ao volante e rumou para a Rue Vieille-du-Temple.

Passou ali meia hora num brechó e saiu com uma grande caixa que devia conter o traje que iria com a cartola.

Depois, a Champs-Élysées, a Avenue de Wagram. Um barzinho de esquina. Ficou lá dentro não mais que cinco minutos, saiu na companhia de uma mulher de uns trinta anos, gorducha e radiante.

Maigret olhara duas vezes o relógio. Seu primeiro trem tinha partido. O segundo partiria em quinze minutos. Deu de ombros, disse ao taxista:

– Continue a segui-lo!

Como ele imaginava: o carro parou em frente a um prédio da Avenue Niel. O casal se precipitou sob a abóbada da entrada. Maigret esperou quinze minutos, entrou, não sem ler numa placa de cobre:

Garçonnières por mês e por dia

Numa saleta elegante que recendia a adultério, encontrou uma gerente perfumada.

– Polícia Judiciária. O casal que acaba de entrar...

– Que casal?

Ela não protestou muito.

– Pessoas de bem, casados os dois, que vêm duas vezes por semana.

Ao sair o comissário deu uma olhada, através do vidro, na placa de identidade do carro.

Marcel Basso
32, Quai d'Austerlitz, Paris

Nem um sopro de brisa. Um ar quente. E todos os bondes, todos os ônibus que se dirigiam para as estações ferroviárias, lotados. Os táxis carregados de cadeiras dobráveis, varas de pesca, puçás para camarões e malas.

O asfalto estava azul de tão brilhante e os terraços dos cafés, dominados pelo barulho de copos e de pires.

– É mesmo, faz três semanas que Lenoir foi...

O caso não foi muito comentado. Era um caso banal, um assassino de certo modo profissional. Maigret se lembrou do bigode trêmulo do rapaz, suspirou olhando para o relógio.

Tarde demais para se encontrar com a sra. Maigret, que, à noite, estaria na cancela da estaçãozinha e não deixaria de murmurar:

– Sempre o mesmo!

O taxista lia um jornal. O homem da cartola saiu primeiro, inspecionou a rua nos dois sentidos antes de fazer um sinal à companheira, que ficara sob a abóbada da entrada.

Parada na Place des Ternes. Pelo vidro de trás, dava para vê-los se beijando. E estavam de mãos dadas com a marcha já engrenada, e que a mulher tinha parado um táxi.

– Continuo? – o motorista perguntou a Maigret.

– Se já viemos até aqui...

Pelo menos achou alguém que conhecia a gafieira de dois tostões!

Quai d'Austerlitz. Um enorme painel:

Marcel Basso
Importador de carvões de todas as procedências
Atacado – Varejo
Entregamos sacos em domicílio
Preços de verão

Um terreno rodeado por uma cerca de madeira enegrecida. Em frente, do outro lado da rua, um cais de descarga com a mesma razão social e barcaças amarradas perto de montes de carvão descarregado naquele dia.

No meio do terreno, uma casa grande, como uma mansão de campo. O sr. Basso estacionou o carro, deu uma olhada rápida para se assegurar de que não tinha cabelos de mulher nos ombros, entrou em casa.

Maigret o viu reaparecer num quarto do primeiro andar cujas janelas estavam escancaradas. Estava com uma mulher grande, loura, bonita. Os dois riam. Falavam animadamente. O sr. Basso experimentava sua cartola e se olhava no espelho.

Punham coisas nas malas. Via-se uma empregada de avental branco.

Quinze minutos depois – eram cinco horas – a família descia. Um menino de dez anos ia na frente, com uma carabina de pressão. Depois a criada, a sra. Basso, seu marido, um jardineiro com as malas.

A cena toda transbordava bom humor. Passavam carros, dirigindo-se para o campo. Na Gare de Lyon, os trens suplementares e especiais apitavam desesperadamente.

A sra. Basso sentou ao lado do marido. O menino se instalou atrás, entre as bagagens, e abaixou as janelas.

Não era um carro luxuoso. Um bom carro de série, azul-royal, seminovo.

Alguns minutos depois, rumavam para Villeneuve-Saint-Georges. Depois, veio a estrada de Corbeil. Atravessaram a cidade. Era um caminho esburacado ao longo do Sena.

Meu lazer

Era o nome da casa, entre Morsang e Seine-Port, à beira do rio. Uma casa nova, com tijolos fulgurantes, pintura fresca, flores que pareciam ter sido lavadas de manhã.

Um trampolim branquinho, no Sena. Barcos.

– Conhece por aqui? – perguntou Maigret ao taxista.

– Um pouco.

– Tem algum lugar onde eu possa dormir?

– Em Morsang, no Vieux Garçon. Ou mais para a frente, em Seine-Port, no Marius.

– E a gafieira de dois tostões?

O outro fez um sinal de ignorância.

O táxi não podia ficar muito tempo na beira da estrada sem ser notado. O carro dos Basso já tinha sido esvaziado. Nem dez minutos haviam passado quando a sra. Basso se exibiu no jardim vestindo um traje de marinheiro de tecido de Concarneau e um boné de marujo americano na cabeça.

Seu marido devia ter mais pressa de experimentar a fantasia, porque apareceu numa janela, já envergando uma sobrecasaca inacreditável, cartola na cabeça.

– O que acha?

– Não vai dizer que esqueceu a faixa!

– Que faixa?

– Ué, prefeito não usa a faixa azul, branca e vermelha atravessada?

No rio, barcos deslizavam lentamente. Um rebocador apitava ao longe. O sol começava a afundar nas árvores da colina rio abaixo.

– Toca para o Vieux Garçon! – ordenou Maigret.

Avistou um grande terraço à beira do Sena, embarcações de todo tipo, uns dez carros estacionados nos fundos do albergue.

– Espero o senhor?

– Ainda não sei.

A primeira pessoa que encontrou foi uma mulher toda de

branco que corria e quase caiu nos seus braços. Ela usava flores de laranjeira na cabeça. Um rapaz de roupa de banho a perseguia. Os dois riam.

Outros assistiam à cena, do portão do albergue.

– Não vá bagunçar a noiva! – gritava alguém.

– Espere o casamento, pelo menos!

A noiva parou, ofegante, e Maigret reconheceu a dama da Avenue Niel, aquela que duas vezes por semana entrava com o sr. Basso no hotel de encontros.

Num barquinho pintado de verde, um homem de testa franzida arrumava o equipamento de pesca, como se se dedicasse a um trabalho delicado e penoso.

– Cinco Pernod, cinco!

Um rapaz saía do albergue, com o rosto pintado de branco e maquiado. Havia feito em si mesmo uma cara de um hilário camponês cheio de espinhas.

– Ficou bom?

– Você devia ser ruivo!

Um carro vinha chegando. Passageiros já vestidos desciam para o casamento na roça. Uma mulher usava um vestido de seda castanho-avermelhado que arrastava no chão. O marido usava um cordão de formando à guisa de corrente de relógio sobre a barriga arredondada por um travesseiro enfiado debaixo do colete.

Os raios do sol se avermelhavam. A folhagem das árvores mal tremia. Um barco deslizava à flor d'água e seu passageiro, seminu, deitado à popa, se contentava em dirigi-lo com um remo descuidado.

– A que horas chegam os carroções?

Maigret não sabia onde se meter.

– Os Basso chegaram?

– Eles nos ultrapassaram no caminho.

De repente alguém veio se plantar na frente de Maigret, um

homem de uns trinta anos, já quase calvo, cara de palhaço. Uma chama maliciosa crepitava em seus olhos. E soltou com um acentuado sotaque inglês:

— Eis alguém para servir de notário!

Não estava totalmente bêbado. Também não estava sóbrio. Os raios do sol poente afogueavam seu rosto, cujas pupilas eram mais azuis do que o rio.

— Você vai ser o notário, não é? — prosseguiu com uma familiaridade de bêbado. — Claro que sim, meu caro, vai ser divertido.

E acrescentou, pegando Maigret pelo braço:

— Venha tomar um Pernod.

Todo mundo ria. Uma mulher disse a meia-voz:

— O James está exagerando!

Mas o outro, imperturbável, arrastava Maigret para o Vieux Garçon e pedia:

— Dois "Per"nós!

E ele mesmo riu desse seu trocadilho semanal, enquanto lhes serviam dois copos cheios até a borda.

2. O marido da dama

Ao chegar em frente à gafieira de dois tostões, Maigret ainda não havia "tido um estalo", como costumava dizer. Seguira o sr. Basso sem muita convicção. No Vieux Garçon, tinha observado com um olhar apático as pessoas que lá se movimentavam. Não havia sentido aquele lampejo, aquela sacudida, enfim, aquele estalo que o fazia mergulhar na atmosfera de um caso.

Enquanto James o obrigava a brindar com ele, havia observado os clientes em seu entra e sai, experimentando roupas absurdas, ajudando uns aos outros, gargalhando, gritando. Os Basso tinham chegado, e o filho, para o qual criaram uma cara de bobo da aldeia, de cabelo cor de cenoura, havia entusiasmado os presentes.

– Deixe-os pra lá! – dizia James toda vez que Maigret se virava para o grupo. – Riem à toa e nem de porre estão.

Dois carroções haviam chegado. Mais gritos. Mais risos e empurra-empurra. Maigret se plantara ao lado de James, enquanto os donos do Vieux Garçon e todo o pessoal tinha se instalado no terraço para assistir à largada.

Ao sol havia sucedido um crepúsculo azulado. Viam-se do outro lado do Sena mansões sossegadas cujas janelas iluminadas cintilavam na penumbra.

Os carroções iam aos solavancos. O olhar do comissário colhia, de certo modo, imagens à sua volta: o cocheiro que brincava e ria, fingindo que queria morder; uma mocinha que tinha conseguido se fantasiar de Bécassine e fazia o possível para imitar o sotaque caipira; e um senhor de cabelos grisalhos que usava um vestido de vovó.

Era uma confusão, tudo muito turbulento, muito inesperado também. Maigret mal podia adivinhar a que mundo cada um pertencia. Era necessária uma aclimatação.

— Aquela ali é a minha mulher — anunciou James, designando a mais gordinha de todas, que usava mangas bufantes.

E dizia aquilo com uma voz apagada e uma pequena chama acesa nos olhos.

Cantaram. Atravessaram Seine-Port, e as pessoas foram à porta de suas casas para assistir ao desfile. As crianças correram um bom tempo atrás dos carroções gritando entusiasmadas. Os cavalos reduziram o passo. Atravessavam uma ponte. Em algum lugar, um letreiro luminoso era visível no lusco-fusco:

Eugène Rougier — Taberneiro

A casa era pequenina, toda branca, comprimida entre o caminho à beira-rio e a colina. As letras do luminoso eram simples. À medida que se aproximavam, percebiam-se refrões de uma música, entrecortados de rangidos.

O que terá provocado o estalo? Maigret teria dificuldade para responder. Quem sabe a preguiça do entardecer, a casinha branca com suas duas janelas luminosas e o contraste com aquela invasão carnavalesca?

Quem sabe o casal que se adiantava para ver o "casamento"? Ele, um jovem operário de fábrica. Ela, uma linda moça vestida de seda cor-de-rosa, mãos na cintura.

A casa tinha apenas dois cômodos. No da direita, uma velha senhora se movimentava ao redor do forno. No da esquerda, adivinhava-se uma cama, retratos de família.

O bar ficava nos fundos. Era um grande barracão aberto de um lado para o quintal. Mesas e bancos. Um balcão. Uma pianola e lampiões. Marinheiros bebiam ao balcão. Uma menina de uns doze anos cuidava da pianola, a que dava corda de vez em quando e enfiava dois dedos na ranhura.

Tudo se animou bem depressa. Mal desciam dos carroções, os recém-chegados se punham a dançar, moviam as mesas, pediam bebidas. Maigret, que perdera James de vista, encontrou-o sonhador ao balcão, diante de um Pernod.

Lá fora, sob as árvores, um rapaz dispunha os talheres. E um dos carroceiros suspirava:

– Tomara que não nos façam ficar até muito tarde! Um sábado!

Maigret estava sozinho. Girou lentamente em torno de si mesmo. Viu a casinha fumegante, os carroções, o casal de namorados, o grupo fantasiado.

– É isto! – resmungou.

A gafieira de dois tostões! Uma alusão à pobreza do lugar, ou então aos dois tostões que tinham de pôr na pianola para ela tocar.

E era ali que havia um assassino! Quem sabe alguém da festa! Quem sabe o jovem operário! Quem sabe um marinheiro!

Ou James! Ou o sr. Basso?

Não havia luz elétrica. O barracão era iluminado por dois lampiões a querosene, e outros mais estavam dispostos nas mesas, no jardim, de modo que o cenário se encontrava dividido em manchas de sombra e de luz.

– A mesa está posta! Vamos comer!

Mas todo mundo continuava dançando. Bebiam, os olhos se animavam. Algumas pessoas devem ter tomado vários aperitivos, um depois do outro, porque em menos de quinze minutos já havia embriaguez no ar.

A velha senhora do bistrô servia ela mesma a mesa, preocupava-se com o sucesso de seus pratos – salame, omelete e um coelho! –, mas ninguém prestava atenção. Comiam sem nem sequer se dar conta. E todas as vozes pediam bebidas.

Uma barulheira confusa que encobria a música. Do balcão, os marinheiros contemplavam a cena, continuando sua conversa lenta sobre os canais do Norte e o rebocamento elétrico das barcaças.

Os jovens namorados dançavam, de rosto colado; mas seus olhares não saíam das mesas onde as pessoas se divertiam.

Maigret não conhecia ninguém. Havia a seu lado uma mulher que fizera uma pintura ridícula, com bigodes, cheia de múltiplas pintas, e que chamava sem parar seu tio Arthur.

– Me passa o sal, tio Arthur.

– E teu velho, tio Arthur?

Todos se tratavam com intimidade. Trocavam cotoveladas. Será que aquelas pessoas se conheciam tão bem assim? Ou não passavam de companheiros casuais?

E o que podia fazer na vida, por exemplo, o sujeito de cabelo grisalho vestido de velha?

E aquela dama vestida de garotinha que adotava uma voz em falsete?

Burgueses como os Basso? Marcel Basso estava ao lado da noiva. Não bulia com ela. De vez em quando, limitava-se a um olhar de entendido que devia significar: "Como está boa esta tarde!".

Avenue Niel, na garçonnière! Será que o marido dela também estava presente?

Alguém soltou umas bombas. Fogos de artifício foram lançados no jardim, e o casal de operários os admirou ternamente, de mãos dadas.

– Até parece um cenário de teatro – disse a bonita moça de cor-de-rosa.

E havia um assassino ali!

– Discurso! Discurso! Discurso!

Foi o sr. Basso que se levantou, um sorriso encantado nos lábios, que tossiu, fingiu-se embaraçado, começou um discurso bizarro que os aplausos interrompiam.

A certa altura, seu olhar se deteve em Maigret. Era o único rosto sério em torno da mesa. E o comissário sentiu um incômodo no homem, que desviou a cabeça.

Mas duas vezes, três vezes, o olhar voltou a ele, interrogativo, aborrecido.

– ... e todos vocês repetirão comigo: viva a noiva!

– Viva a noiva!

Todos se levantaram. Beijaram a noiva. Dançaram. Bateram os copos.

Maigret viu o sr. Basso se aproximar de James e lhe fazer uma pergunta. Sem a menor dúvida:

– Quem é?

– Não sei... Um amigo. Um cara legal.

As mesas foram abandonadas. Todo mundo dançava no barracão e umas pessoas vindas sabe-se lá de onde ficavam na noite, mal se distinguindo dos troncos das árvores, contemplando os que se divertiam.

As rolhas de espumante espocaram.

– Venha tomar um conhaque! – disse James. – Suponho que você não dança.

Rapaz engraçado! Já tinha bebido o bastante para embriagar quatro ou cinco homens normais. E não estava verdadeiramente bêbado. Movia-se, sem graça, num passo preguiçoso. Fez Maigret entrar na casa. Instalou-se na poltrona Voltaire do dono.

Uma vovozinha toda curvada lavava a louça enquanto a dona do estabelecimento, que devia ser sua filha e que não estava longe dos cinquenta, atendia à festa.

– Eugène! Mais seis garrafas de espumante. Você devia pedir ao cocheiro para ele buscar mais em Corbeil.

Um interior rústico, paupérrimo. Um relógio de pêndulo numa caixa de nogueira esculpida. E James esticava as pernas, pegava a garrafa de conhaque que havia pedido, servia dois copos cheios.

– À sua!

Não se via mais nada da festa. Só se ouvia um barulho que encobria a música. Pela porta aberta se adivinhava a superfície fugidia do Sena.

– Estratagemas para se beijar nos cantos, e tudo o mais! – disse James com desdém.

Tinha trinta anos. Mas já sentia que não era mais homem de beijar as mulheres nos cantos.

– Aposto que já tem gente no fundo do quintal.

Ele observava a vovozinha dobrada em dois sobre a bacia de lavar louça.

– Escute, me dê um pano de prato! – disse a ela.

E pôs-se a enxugar os copos e os pratos, só se interrompendo para engolir de quando em quando um gole de conhaque.

Às vezes passava alguém em frente à porta. Maigret aproveitou um momento em que James falava com a velha para escapulir. Não dera dez passos lá fora quando alguém lhe pediu fogo. O homem grisalho, vestido de mulher.

– Obrigado. O senhor também não dança?

– Nunca!

– Já minha mulher... Ainda não perdeu uma dança.

Maigret teve uma intuição.

– A noiva?

– É. E daqui a pouco, quando parar, vai pegar um resfriado.

Deu um suspiro. Era grotesco com seu rosto grave de cinquentão e seu vestido de velha. O comissário se perguntou o que será que ele fazia na vida, qual era seu aspecto costumeiro.

– Acho que já o encontrei em algum lugar – disse, jogando verde.

– Tenho a mesma impressão. Já nos vimos. Mas onde? A não ser que o senhor seja cliente da minha camisaria.

– O senhor é camiseiro?

– Nos Grands Boulevards.

Sua mulher era agora a mais barulhenta de todos. A embriaguez dela era evidente. Ela se destacava por uma exuberância fora do comum. Dançava com Basso, tão inseparável dele que Maigret desviou a cabeça.

– Uma mocinha muito engraçada – suspirou o marido.

Uma mocinha! Aquela moça de trinta anos carnuda, lábios sensuais, olhar aceso, que parecia se oferecer por inteiro a seu par!

– Quando se diverte, parece enlouquecer.

O comissário olhou para o seu companheiro, não conseguiu adivinhar se ele estava furioso ou enternecido.

No mesmo instante alguém gritava:

– Está na hora de pôr a noiva na cama! Todos a postos para deitar a noiva! Cadê o noivo?

Havia um cubículo no fundo do barracão. Abriram a porta. Alguém foi buscar o noivo no fundo do quintal.

Maigret observava o marido de verdade, que sorria.

– Primeiro a cinta-liga!

Foi o sr. Basso que a tirou, cortou-a em pedacinhos que

distribuiu aos convivas. Empurraram a noiva e o noivo para o cubículo e trancaram a porta.

– Ela se diverte... – murmurou o companheiro de Maigret. – O senhor também é casado?

– Eh... sou...

– Sua mulher não está aqui?

– Não. Está de férias.

– Ela também gosta da juventude?

Maigret se perguntou se o outro caçoava dele ou se falava sério. Aproveitou um momento de desatenção, foi para o quintal, passou perto do casal de operários colado a uma árvore.

Na cozinha, James falava com a velha, gentilmente, sem parar de enxugar os copos, nem de esvaziá-los.

– O que eles estão fazendo? – perguntou a Maigret. – Não viu minha mulher?

– Não reparei.

– Não foi por falta de gordura!

A coisa se precipitou. Devia ser uma da manhã. Alguns falavam baixinho sobre ir embora. Alguém estava passando mal à beira do Sena. A noiva tinha recuperado a liberdade. Só os mais jovens continuavam dançando.

O cocheiro do carroção veio ter com James.

– O senhor acha que vai demorar? Minha patroa me espera faz uma hora e...

– Você também tem mulher?

E James deu o sinal de partida. Nos bancos dos carroções, uns cochilavam bamboleando a cabeça, outros continuavam a cantar e a rir com mais ou menos convicção.

Passaram perto de um grupo de barcaças adormecidas. Um trem apitou. Na ponte, reduziram o passo.

Os Basso desceram em frente à sua mansão. O camiseiro já havia se despedido do grupo em Seine-Port. Uma mulher dizia a meia-voz ao marido, que estava bêbado:

— Amanhã eu te conto o que você fez!... Cale a boca... Não vou te ouvir!

O céu estava crivado de estrelas que a água do rio refletia. No Vieux Garçon, tudo dormia. Apertos de mão.

— Você veleja?

— Vamos pescar.

— Boa noite.

Uma fileira de quartos. Maigret perguntou a James:

— Tem um para mim?

— Qualquer um. Desde que você encontre um vazio. Se não, é só vir à minha casa.

Algumas janelas se acenderam. Sapatos caíram no assoalho. Ruídos de sofá-cama.

Um casal cochichava freneticamente num dos quartos. Quem sabe a mulher, que tinha algo a dizer ao marido?

Agora, todos tinham seu rosto verdadeiro. Eram onze da manhã. O dia estava quente, ensolarado. No terraço, as garçonetes de preto e branco iam de mesa em mesa, preparando-as para o desjejum.

E as pessoas se agrupavam, alguns ainda de pijama, outros de roupa de marinheiro, outros ainda de calça de flanela.

— Ressaca?

— Não muita. E você?

Alguns já tinham ido pescar, ou voltavam da pesca. Havia também pequenos veleiros, canoas.

O camiseiro vestia um terno cinza bem cortado e sentia-se nele o homem que se cuida, que detesta se mostrar vestido com negligência. Avistou Maigret, se aproximou.

— Permita que me apresente: M. Feinstein. Ontem eu lhe falei da minha camisaria. Como camiseiro, eu me chamo Marcel.

— Dormiu bem?

– Que nada! Conforme já esperava, minha mulher passou mal... Toda vez é a mesma coisa. Ela sabe perfeitamente que não tem muita resistência.

Por que seu olhar parecia espreitar as impressões de Maigret?

– Não a viu esta manhã?

Ele procurava sua mulher nas cercanias. Avistou, pilotado pelo sr. Basso, um barco a vela onde havia quatro ou cinco pessoas em roupas de banho.

– Nunca tinha vindo a Morsang? É muito agradável. Vai voltar, o senhor verá. Fica-se entre gente como a gente. Só habitués, amigos. Gosta de bridge?

– Bem...

– Vamos jogar daqui a pouco. Conhece o sr. Basso? Um dos maiores negociantes de carvão de Paris. Homem encantador. É seu veleiro que está chegando. A sra. Basso é louca por esporte.

– E James?

– Já está bebendo, aposto. Vive entre um porre e outro. E, no entanto, é bem jovem. Ele poderia fazer alguma coisa. Mas prefere ir vivendo tranquilamente. É funcionário de um banco inglês na Place Vendôme. Já lhe ofereceram uma porção de cargos, recusou todos. Faz questão de terminar seu dia de trabalho às quatro e, daí em diante, pode vê-lo nas brasseries da Rue Royale.

– E aquele marmanjo?

– É filho de um joalheiro.

– E aquele senhor pescando ali?

– Um empresário do ramo de instalações hidráulicas. O mais fanático pescador de Morsang. Uns jogam bridge, outros andam de barco, outros pescam. Isso constitui uma pequena população encantadora. Alguns têm casa de fim de semana aqui.

Percebia-se a casinha branca na primeira curva do rio e adivinhava-se o barracão da pianola.

– Todo mundo frequenta a gafieira de dois tostões?

– De uns dois anos para cá, de certo modo, foi James que a descobriu. Antes só se encontravam lá alguns operários de Corbeil, que iam dançar aos domingos. Quando os outros estavam barulhentos demais, James se acostumou a ir lá sozinho beber. Um dia o resto da turma foi com ele. Dançamos... E virou um costume. Tanto que os fregueses de antes, sentindo-se deslocados, foram pouco a pouco abandonando o lugar.

Uma garçonete passava com uma bandeja carregada de aperitivos. Alguém mergulhava no rio. Um cheiro de fritura escapava da cozinha.

E a chaminé fumegava lá na gafieira. Um rosto se impunha a Maigret: bigodes finos e castanhos, dentes pontudos, narinas que tremiam... Jean Lenoir andando sem parar para esconder sua aflição, falando, lembrando ele também a gafieira de dois tostões.

– *Se pelo menos a gente fosse pra lá com todos os que merecem!*

Não para a gafieira! Mas para onde foi sozinho, na manhã seguinte, antes de Paris despertar!

E, sem saber por quê, naquele calor, Maigret sentiu frio por alguns segundos. Olhou com outros olhos o camiseiro impecavelmente vestido que fumava um cigarro de ponta dourada. Depois viu o barco dos Basso acostando, as pessoas seminuas que pulavam para a terra, apertavam a mão dos outros.

– Permita que lhes apresente nossos amigos? – perguntou o sr. Feinstein. – Sr...?

– Maigret, funcionário público.

Tudo se fez corretamente, com inclinações de peito, "muito prazer", "o prazer é todo meu".

– O senhor esteve aqui ontem à noite, não é? Uma brincadeira muito bem-sucedida... Participa do bridge esta tarde?

Um jovem magro se aproximou do sr. Feinstein, chamou-o

de lado, lhe disse algumas palavras em voz baixa. Aquilo não escapou a Maigret, que viu o camiseiro fechar a cara, manifestar um sentimento que parecia de medo, observá-lo da cabeça aos pés e enfim voltar à sua atitude normal.

O grupo se aproximou do terraço, buscou uma mesa.

– Um Pernod geral? Ué, onde está James?

O sr. Feinstein estava nervoso, a despeito do esforço que fazia para se controlar. Só se preocupava com Maigret.

– O que vai tomar?

– Tanto faz.

– O senhor...

Não concluiu a frase iniciada e fingiu olhar para o outro lado. Mas pouco depois murmurou:

– É curioso que o acaso o tenha trazido a Morsang.

– De fato, é estranho – reconheceu o comissário.

Serviam bebidas. Várias pessoas falavam ao mesmo tempo. O pé da sra. Feinstein estava pousado sobre o do o sr. Basso e ela o fitava com seus olhos brilhantes.

– Um lindo dia... Pena que as águas estejam claras demais para pescar.

O ar estava enjoativo de tão claro, e Maigret se lembrou de um raio de sol penetrando, bem alto, numa cela branca.

Lenoir andava, andava, andava, como para esquecer que em pouco tempo não andaria mais.

E o olhar de Maigret pousava, sucessiva, pesadamente, em cada rosto, no do sr. Basso, no do camiseiro, do empresário, de James que chegava, dos jovens, das mulheres...

Procurava imaginar, alternadamente, cada um daqueles seres, de noite, ao longo do canal Saint-Martin, arrastando um cadáver "como um manequim que você quisesse fingir que andava ao seu lado"...

– À sua! – lhe disse o sr. Feinstein com um sorriso demorado.

3. As duas canoas

Maigret havia almoçado sozinho, no terraço do Vieux Garçon. Mas ao seu redor as mesas eram ocupadas pelos habitués e a conversa era generalizada.

Estava concentrado agora no meio social a que pertenciam seus vizinhos: comerciantes, pequenos industriais, um engenheiro, dois médicos. Pessoas que tinham seu automóvel, mas que só dispunham do domingo para se divertir no campo. Todos possuíam um barco, seja a motor, seja a vela. Todos eram pescadores mais ou menos apaixonados.

Viviam ali vinte e quatro horas por semana, com trajes de pano de vela, descalços ou de tamanco, e alguns afetavam o andar balançante dos velhos lobos de mar.

Mais casais do que jovens. E, entre os grupos, uma familiaridade bastante grande de gente que há anos tem o costume de se encontrar todo domingo.

James era um personagem popular, o vínculo entre todos, e era só ele aparecer, fleumático, a pele avermelhada, os olhos vagos, para gerar bom humor.

– Está de ressaca, James?

– Primeiro, nunca fico de ressaca! Quando sinto que o estômago está reclamando, tomo logo uns Pernod.

Evocavam sobretudo lembranças da noite. Riam de um que tinha ficado péssimo, de outro que quase caíra no Sena ao voltar.

Maigret fazia, sem fazer, parte do grupo. Estava ali, perto dos companheiros da véspera. Durante a bebedeira, tratavam-no familiarmente por você. Agora, às vezes o observavam às escondidas. Ou lhe dirigiam uma frase ou duas, por cortesia.

– Também é pescador?

Os Basso almoçavam em casa. Os Feinstein também, assim como os outros que tinham casa ali. O que já criava duas classes no grupo: os com casa e os clientes do albergue.

Por volta das duas, foi o camiseiro que veio buscar Maigret, como se o tomasse sob sua proteção pessoal.

– Estão esperando o senhor para o bridge.

– Em sua casa?

– Na do Basso! Este domingo devíamos ter jogado lá em casa, mas a empregada está doente, então ficaremos melhor na casa de Basso. Você vem, James?

– Vou de veleiro.

A casa dos Basso ficava a um quilômetro dali. Maigret e Feinstein foram a pé, enquanto a maioria dos convidados ia, seja de bote, seja de canoa, seja de veleiro.

– Um homem encantador, o Basso, não acha?

Maigret não conseguiu saber se seu interlocutor caçoava ou falava com seriedade. De fato, um sujeito curioso, nem fedia nem cheirava, nem jovem nem velho, nem bonito nem feio, que talvez fosse vazio de pensamentos, mas, talvez, também recheado de segredos.

– Suponho que de agora em diante o senhor vai ser dos nossos todo domingo, não é?

Encontravam grupos de pessoas que faziam piquenique,

bem como pescadores plantados com sua vara a cada cem metros, na margem. O calor aumentava. O ar era de uma calmaria extraordinária, quase inquietante.

No jardim dos Basso, as vespas zumbiam em torno das flores. Já estavam lá três automóveis. O menino se divertia à beira d'água.

— Joga bridge? — perguntou o negociante de carvão estendendo a Maigret uma mão cordial. — Perfeito! Nesse caso, não é preciso esperar James, que não vai conseguir subir o rio a vela.

Tudo era novo, vistoso. Uma casa de campo construída como um brinquedo. Uma decoração excêntrica, com profusão de cortinas de quadradinhos vermelhos, móveis normandos antigos, cerâmica rústica.

A mesa de jogo estava preparada numa sala térrea que se comunicava com o jardim por uma grande vidraça. Garrafas de Vouvray gelavam num balde de champanhe todo fumegante. Uma bandeja carregada de aguardentes. E a sra. Basso, vestida de marinheiro, fazia as honras da casa.

— Conhaque, quetsche, mirabelle...? A não ser que prefira Vouvray.

Vagas apresentações aos outros jogadores, nem todos pertencentes à turma da noite anterior, mas que eram amigos de domingo.

— Senhor... hã...

— Maigret!

— Sr. Maigret, que joga bridge.

Era quase um cenário de opereta, a tal ponto que as cores eram vivas, vistosas. Nada que fizesse pensar que a vida seria uma coisa séria. O menino tinha entrado num caiaque pintado de branco e sua mãe gritava:

— Cuidado, Pierrot!

— Vou ao encontro de James!

– Um charuto, sr. Maigret? Se preferir o cachimbo, tem fumo naquele pote. Não se preocupe, minha mulher está acostumada.

Bem em frente, via-se na outra margem a casinha da gafieira de dois tostões.

E a primeira parte da tarde correu sem histórias. Maigret notou no entanto que o sr. Basso não jogava e que parecia um pouco mais nervoso do que de manhã. Seu aspecto era o exato contrário de um homem nervoso. Era grande e forte e, principalmente, exalava vida por todos os poros. Um homem exuberante, feito de substância plebeia.

O sr. Feinstein jogava com toda a seriedade de um verdadeiro amante do bridge, e Maigret foi várias vezes chamado à atenção.

Por volta das três a turma de Morsang invadiu o jardim, depois a sala em que jogavam. Alguém pôs o fonógrafo para funcionar. A sra. Basso serviu o Vouvray, e quinze minutos depois meia dúzia de casais dançava em torno dos jogadores.

Foi nesse momento que, absorto no jogo como parecia estar, o sr. Feinstein murmurou:

– Ué, que fim levou nosso amigo Basso?

– Acho que acaba de entrar num barco – disse alguém.

Maigret seguiu o olhar do camiseiro, avistou um barco que acostava precisamente na margem em frente, perto da gafieira de dois tostões. O sr. Basso saía, se dirigia à gafieira, voltava um pouco depois, preocupado, a despeito do falso bom humor que ostentava.

Outro incidente, que passou despercebido. O sr. Feinstein ganhava. A sra. Feinstein dançava com Basso, que acabava de voltar. E James, um copo na mão, brincava:

– Tem gente que não sabe perder, mesmo querendo!

O camiseiro não reagiu. Dava as cartas. Maigret observava suas mãos e achou-as calmas como sempre.

Uma, duas horas passaram assim. Os dançarinos começavam a se aborrecer. Alguns convidados tinham tomado banho. James, que tinha perdido nas cartas, levantou-se resmungando:

— Vamos mudar de freguesia! Quem vem à gafieira de dois tostões?

O acaso o fez pegar Maigret de passagem.

— Venha comigo!

Tinha alcançado o grau de embriaguez de que nunca ia além, mesmo se continuasse a beber. Os outros por sua vez se levantavam. Um rapaz gritava, com a mão em megafone:

— Todo mundo para a gafieira!

— Cuidado para não cair.

James ajudava o comissário a subir no seu veleiro de seis metros, empurrava o barco com o croque, sentava no fundo.

Mas não havia um sopro de vento. A vela batia. A embarcação mal enfrentava a corrente pouco perceptível.

— Não temos pressa, não é?

Maigret notou que Marcel Basso e Feinstein subiram no mesmo barco a motor, atravessaram o rio em alguns instantes, desembarcaram em frente à gafieira.

Depois vinham os botes, as canoas. Primeiro a partir, o veleiro de James estava por último, por falta de vento, e o inglês não parecia disposto a se servir dos remos.

— São boa gente! — murmurou de repente James, como se seguisse seu pensamento.

— Quem?

— Todos! Eles se chateiam. Mas não podem fazer nada! Todo mundo se chateia na vida.

Era engraçado, porque ele tinha uma cara contente no fundo do seu barco e porque o sol polia seu crânio desnudado.

— É verdade que você é da polícia?

— Quem disse isso?

– Não sei. Ouvi falar faz pouco. Ah! É um ofício como outro qualquer.

E James esticava a vela, que uma brisa enfunava ligeiramente. Eram seis horas. Ouvia-se soar o sino de Morsang, ao que o de Seine-Port respondia. A margem estava tomada pelo capim formigante de insetos. E o sol começava a se avermelhar.

– O que é que você...

James falava. Mas ouviu-se um ruído seco que cortou sua frase, enquanto Maigret se levantava de um salto, ameaçando virar a embarcação.

– Cuidado! – gritou seu companheiro.

E ele se inclinou para a outra borda, pegou um remo, pôs-se a remar, as pupilas inquietas.

– A temporada de caça ainda não foi aberta.

– Foi atrás da gafieira! – disse Maigret.

Ao se aproximarem de lá, ouviram o barulho da pianola e uma voz angustiada que berrava:

– Parem a música! Parem a música!

Corriam. Um casal que ainda dançava parou bem depois da pianola. A velha vovozinha saía da casa, com um balde na mão, ficava imóvel tentando adivinhar o que estava acontecendo.

Foi difícil atracar, por causa do capim. Maigret, precipitando-se, enfiou uma perna na água até o joelho. James o seguia com seu andar mole, resmungando coisas ininteligíveis.

Bastava seguir as pessoas que víamos parar em frente ao barracão que servia de salão de dança. Contornado o barracão, avistava-se um homem que olhava para a multidão com seus olhos grandes perturbados e que gaguejava obstinadamente:

– Não fui eu!

O homem era Basso. Ele empunhava um pequeno revólver nacarado, cuja existência parecia esquecer.

– Onde está minha mulher? – indagou olhando para os presentes como se não os reconhecesse.

Os outros a procuravam. Alguém disse:

– Ela ficou lá, preparando o jantar.

Maigret precisou chegar à frente da multidão para distinguir uma forma estendida na grama alta, um terno cinzento, um chapéu de palhinha.

Não era nada trágico. Era ridículo, por culpa dos espectadores que não sabiam o que fazer. Permaneciam ali, aturdidos, hesitantes, olhando para um Basso tão aturdido e hesitante quanto eles.

Melhor: um dos membros do grupo, que era médico, estava junto do corpo estendido e não ousava se debruçar sobre ele. Olhava para os outros como se lhes pedisse conselho.

De trágico houve porém um pequeno fato. A certa altura, o corpo se mexeu. As pernas pareciam querer se arquear. Os ombros esboçaram um movimento giratório. Ficou visível uma parte do rosto do sr. Feinstein.

Depois, sempre como se com grande esforço, ele se retesou e caiu lentamente, inerte.

Acabava de morrer.

– Apalpe o coração! – disse Maigret com um tom rude ao médico.

E o comissário, que estava acostumado àquele tipo de drama, não perdia nada do espetáculo, via tudo ao mesmo tempo, com uma nitidez quase irreal. Havia alguém caído entre os mais distantes, alguém que soltava uivos agudos: era a sra. Feinstein, a última a chegar, porque fora a última a parar de dançar. Algumas pessoas estavam inclinadas sobre ela. O dono da gafieira se aproximava, com a cara preocupada de um camponês desconfiado.

Já o sr. Basso respirava ofegante, estufava o peito para enchê-lo de ar, percebia de repente o revólver em sua mão crispada.

Estava abestalhado. Olhava as pessoas ao seu redor uma a uma, como se perguntasse a quem devia dar a arma. Repetia:

– Não fui eu...

Continuava procurando sua mulher com os olhos, apesar da resposta que tinham lhe dado.

– Morto! – declarou o médico, levantando-se.

– Uma bala?

– Aqui.

O doutor mostrou um ponto logo abaixo das costelas, também procurava sua mulher, que vestia apenas um traje de banho.

– O senhor tem telefone? – perguntou Maigret ao dono da gafieira.

– Não. Tem de ir à estação ou à eclusa.

Marcel Basso vestia calça de flanela branca, camisa aberta no peito, que valorizava a largura do seu tronco.

Ora, viram-no oscilar imperceptivelmente, esboçar um gesto como se à procura de um apoio e de repente sentar na grama, a menos de três metros do cadáver, e agarrar a cabeça com as mãos.

Não faltou a nota cômica. Uma voz tênue de mulher exclamou no meio do grupo:

– Ele está chorando!

Ela imaginava falar baixo. Todo mundo ouviu.

– O senhor tem uma bicicleta? – perguntou outra vez ao dono da gafieira.

– Claro.

– Então vá à eclusa avisar a gendarmaria.

– A de Corbeil ou a de Cesson?

– Tanto faz.

E examinou Basso com um ar aborrecido, pegou o revólver, em cujo tambor faltava apenas uma bala.

Um revólver de senhora, bonito como uma joia. E balas

minúsculas, que pareciam niqueladas. No entanto, uma só havia bastado para cortar o fio da vida do camiseiro!

Ele mal havia sangrado. Uma mancha avermelhada em seu terno de verão. Continuava limpo, alinhado como sempre.

— Mado está tendo uma crise na casa! — veio anunciar um rapaz.

Mado era a sra. Feinstein, que haviam deitado na cama, altíssima, dos donos do estabelecimento.

Todo mundo espiava Maigret. Houve um calafrio quando uma voz, à beira do rio, lançou:

— Oi! Onde vocês estão?

Era Pierrot, o filho dos Basso, que se aproximava em seu barco a remo e procurava a turma.

— Rápido! Não deixem que ele se aproxime.

Marcel Basso se recompunha. Descobria o rosto, se levantava, confuso com a sua fraqueza de um instante, parecia novamente procurar a pessoa a quem devia se dirigir.

— Sou da Polícia Judiciária — lhe disse Maigret.

— O senhor sabe... não fui eu!

— Venha comigo um instante.

O comissário se dirigiu ao médico:

— Conto com o senhor para impedir que toquem no corpo. E peço a todos para deixar o sr. Basso e eu passarmos.

Tudo isso havia demorado como uma cena mal ensaiada, na atmosfera pesada, radiosa. Alguns pescadores passavam no caminho à beira-rio, com o cesto de peixes nas costas. Basso caminhava ao lado de Maigret.

— É inacreditável!

Ele estava sem vigor, sem fibra. Mal se contornava o barracão, avistavam-se o rio, a mansão na outra margem e a sra. Basso, que arrumava as poltronas de vime abandonadas no jardim.

— A mamãe está pedindo a chave da adega! — gritou o menino de seu barco.

Mas o homem não respondeu nada. Seu olhar mudava, tornava-se o de um animal perseguido.

– Diga a ele onde está a tal chave.

Basso fez um grande esforço para gritar:

– No gancho da garagem!

– O quê?

– No gancho da garagem!

E ouvia-se vagamente o eco:

– ... agem!

– O que houve entre vocês? – indagou Maigret penetrando no barracão da pianola, onde não havia nada mais do que copos em cima das mesas.

– Não sei...

– De quem é o revólver?

– Não é meu! O meu fica sempre no carro.

– Feinstein o atacou?

Um longo silêncio. Um suspiro.

– Não sei! Eu não fiz nada. Acima de tudo... acima de tudo, juro que não o matei.

– O senhor estava com a arma na mão quando...

– Estava... Não sei como aconteceu.

– Alega que foi outro que atirou?

– Não... eu... o senhor não pode imaginar como é terrível...

– Feinstein se suicidou?

– Ele...

Sentou num banco, agarrou mais uma vez a cabeça com as mãos. E, como sobrava um copo na mesa, ele o pegou, tomou de um gole seu conteúdo, fez uma careta.

– O que vai acontecer? O senhor vai me prender?

E, olhando fixamente para Maigret, franzindo a testa:

– Mas... como é que o senhor estava aqui? O senhor não podia saber...

Ele parecia se esforçar para compreender, reunir os fragmentos de ideias. Fazia uma careta.

– Parece uma cilada que...

O barquinho branco do garoto voltava para a margem depois de ter tocado a do lado oposto.

– Papai! A chave não está na garagem. A mamãe perguntou...

Automaticamente, Basso apalpou seus bolsos. Um tilintar de metal. Tirou fora um molho de chaves que pôs em cima da mesa. E foi Maigret que atravessou o caminho à beira-rio, gritou para o garoto:

– Lá vai! Pegue!

– Obrigado, senhor.

E o barquinho se afastou. A sra. Basso, no jardim, punha a mesa para o jantar com a criada. Canoas voltavam para o Vieux Garçon. O taberneiro regressava de bicicleta da eclusa aonde tinha ido telefonar.

– Tem certeza de que não foi o senhor que atirou?

O outro deu de ombros, suspirou, não respondeu.

O barquinho a remo chegava à margem oposta. Adivinhava-se a conversa entre a mãe e o filho. Ela deu uma ordem à criada, que entrou na casa para sair logo em seguida.

E a sra. Basso, tirando o binóculo da mão dele, apontou-o para a gafieira de dois tostões.

James estava sentado num canto, na casa dos taberneiros, e servia-se de grandes copos de conhaque acariciando o gato que tinha deitado em seu colo.

4. Os encontros da Rue Royale

Foi uma semana desagradável, cansativa, cheia de tarefas sem graça, de pequenos desgostos, de diligências delicadas, numa Paris tórrida, cujas ruas eram transformadas em rios pelas tempestades – todo dia, por volta das seis da tarde.

A sra. Maigret continuava de férias, escrevia: *... o tempo está magnífico e nunca as ameixas roxas estiveram tão bonitas...*

Maigret não gostava de ficar em Paris sem sua mulher. Comia sem apetite no primeiro restaurante por onde passava, e às vezes dormia num hotel para não ter de voltar para casa.

A história havia começado com uma cartola que Basso experimentava na loja ensolarada do Boulevard Saint-Michel. Um encontro na Avenue Niel, numa garçonnière. Uma festa à noite na gafieira de dois tostões. Uma partida de bridge e o drama inesperado...

Quando os gendarmes chegaram, Maigret, que não estava em missão oficial, havia deixado que eles assumissem as responsabilidades. Eles tinham detido o negociante de carvão. A Promotoria fora avisada.

Uma hora depois, Marcel Basso estava sentado na pequena estação ferroviária de Seine-Port, entre dois sargentos. A multidão de domingo esperava o trem. O sargento da direita havia lhe oferecido um cigarro.

As lâmpadas estavam acesas. A noite era quase completa. E eis que, no momento em que o trem entrava na estação e em que todo mundo se aglomerava na beira da plataforma, Basso empurrava seus guardas, disparava no meio da multidão, atravessava a via férrea e corria para um bosque próximo.

Os gendarmes não acreditavam no que viam. Alguns instantes antes ele estava tão calmo, prostrado, entre os dois!

Maigret ficou sabendo da fuga ao chegar a Paris. E foi uma noite desagradável para todo mundo. Nos arredores de Morsang e de Seine-Port, a gendarmaria vasculhava os campos, fazia barreiras nas estradas, vigiava as estações ferroviárias e interrogava todos os motoristas dos automóveis. A rede se estendeu até quase todo o departamento, e os passeadores de domingo se espantavam, ao voltar, com os reforços policiais que guarneciam as portas de Paris.

Em frente à casa dos Basso, no Quai d'Austerlitz, dois homens da Polícia Judiciária. Dois homens também em frente ao prédio em que os Feinstein tinham seu apartamento, no Boulevard des Batignolles.

Segunda de manhã, Maigret teve de comparecer e conversar longamente com os magistrados quando da ida da Promotoria à gafieira de dois tostões.

Segunda à noite: nada. Quase certo que Basso tinha conseguido passar entre as malhas da rede e se refugiado em Paris ou numa cidade dos arredores, como Melun, Corbeil, Fontainebleau.

Terça de manhã, relatório do médico-legista: tiro disparado de uma distância aproximada de trinta centímetros. Impossível determinar se foi dado pelo próprio Feinstein ou por Basso.

A sra. Feinstein reconhece a arma como sua. Não sabia que o marido a tinha no bolso. Normalmente o revólver se encontrava carregado, no quarto da jovem senhora.

Interrogatório, Boulevard des Batignolles. O apartamento é banal, sem luxo, bastante "gente humilde". Higiene duvidosa. Só uma criada.

A sra. Feinstein chora! Chora! Chora! É quase sua única resposta, além de:

– Se eu soubesse!...

Faz apenas dois meses que ela é amante de Basso. Ela o ama!

– Teve outros amantes antes dele?

– Senhor!

Mas teve, não há dúvida. Uma mulher de temperamento forte! Feinstein não podia lhe bastar.

– Há quanto tempo a senhora é casada?

– Oito anos!

– Seu marido sabia da sua ligação?

– Claro que não!

– Não desconfiava um pouco?

– De jeito nenhum!

– A senhora acha que ele foi capaz de ameaçar Basso com sua arma ao saber de alguma coisa?

– Não sei... Era um homem estranho, muito fechado...

Evidentemente, um casal em que não reinava a maior intimidade. Feinstein ocupado com seus negócios. Mado nas lojas e nas garçonnières.

E um Maigret pouco entusiasmado dava seguimento à investigação mais tradicional, interrogava a zeladora, os fornecedores, o gerente da camisaria, no Boulevard des Capucines. De tudo aquilo se desprendia uma impressão meio tediosa de banalidade com, além disso, um quê de equívoco.

Feinstein havia começado com uma pequena camisaria, na Avenue de Clichy. E, um ano depois do seu casamento, havia comprado uma grande loja nos Boulevards, com a ajuda dos bancos.

Desde então, era a história de todos os negócios que carecem de bases, os vencimentos das dívidas mais que difíceis de pagar, os títulos protestados, os expedientes, os trâmites humilhantes no fim do mês.

Nada de ilegal. Nada de sujo. Mas nada de sólido também.

E o casal, no Boulevard des Batignolles, devia a todos os fornecedores.

Por cerca de duas horas, no pequeno escritório do finado nos fundos da camisaria, Maigret teve coragem de mergulhar nos livros de contas. Não descobriu nada de anormal numa época correspondente ao crime de que Jean Lenoir havia falado na véspera da sua execução.

Nenhuma entrada importante de dinheiro. Nenhuma viagem. Nenhuma compra extraordinária.

Nada enfim! Uma monotonia! Uma investigação que marcava passo.

A diligência mais aborrecida foi em Morsang, com a sra. Basso, cuja atitude impressionou o comissário. Ela não estava abatida. Triste, com certeza. Mas não desesperada. E de uma dignidade que não se esperaria dela.

– Meu marido certamente teve seus motivos para recuperar a liberdade de seus movimentos.

– A senhora acredita que ele é culpado?

– Não!

– E, no entanto, essa fuga... Ele não deu sinal de vida?

– Não!

– Quanto levava de dinheiro com ele?

– Não mais de cem francos.

O Quai d'Austerlitz era o exato contrário da camisaria. O comércio de carvão rendia, em média, uns quinhentos mil francos. Escritórios e áreas bem-arrumados. Três barcaças na água. Remontava ao pai de Marcel Basso, que não parou de ampliar o negócio.

O tempo não ajudava Maigret a ficar de bom humor. Como todos os gordos, ele sofria com o calor, e todos os dias, até as três horas, um sol de chumbo estagnava em Paris.

Naquele momento, o céu se cobria. Havia eletricidade no ar, pés de vento inesperados. A poeira das ruas se punha de repente a agitar.

Na hora do aperitivo, eram esperadas trovoadas. Depois cataratas de água crepitando no asfalto, trespassando o toldo do terraço dos cafés, forçando os transeuntes a se abrigarem na entrada dos prédios.

Foi quarta-feira que, atingido assim pelo aguaceiro, Maigret entrou na Taverne Royale. Um homem se levantou para lhe estender a mão. Era James, sozinho numa mesa, diante de um Pernod.

O comissário ainda não o tinha visto em traje de passeio. Estava mais parecido com um pequeno funcionário do que em suas fantasias de Morsang, mas mesmo assim conservava algo de excêntrico.

– Toma alguma coisa comigo?

Maigret estava exausto. Ainda tinha pela frente pelo menos duas horas de chuva. Depois precisaria passar pelo Quai des Orfèvres para saber das novidades.

– Um Pernod?

Em geral, tomava apenas cerveja. Mas não protestou. Bebeu automaticamente. James não era uma companhia desagradável, em todo caso tinha uma grande qualidade: não era tagarela!

Ficava ali, refestelado em sua cadeira de vime, pernas cruzadas, olhando as pessoas que passavam na chuva e fumando cigarro.

Quando um pequeno jornaleiro apareceu, comprou o vespertino, folheou-o vagamente, passou-o a Maigret sublinhando com o dedo uma nota.

Marcel Basso, o assassino do camiseiro do Boulevard des Capucines, ainda não foi encontrado, apesar da busca ativa da polícia e da gendarmaria.

— O que acha? — perguntou Maigret.

James deu de ombros, esboçou um gesto indiferente.

— Acha que ele saiu do país?

— Não deve estar longe. Sem dúvida está perambulando por Paris.

— O que o leva a dizer isso?

— Não sei. Eu acho... Se fugiu, é que tinha alguma ideia. Garçom, dois Pernod!

Maigret tomou três e resvalou suavemente para um estado que não lhe era costumeiro. Não era embriaguez. Mas também não era a lucidez absoluta. Um estado bastante agradável. Estava mole. Sentia-se bem no terraço do café. Pensava no caso sem se preocupar e até com uma espécie de prazer.

James falava de uma coisa e outra, sem se apressar. Às oito, em ponto, ele se levantou, disse:

— Está na hora! Minha mulher me espera...

Maigret ficou com raiva de si mesmo pelo tempo perdido e, principalmente, por sentir-se tão pesado. Jantou, passou por sua sala. As gendarmarias não tinham nada a assinalar. A polícia também não.

No dia seguinte — era quinta-feira — continuou sua investigação com o mesmo afinco isento de entusiasmo.

Pesquisas em todos os dossiês de dez anos antes. Mas nada que parecesse se relacionar com a denúncia de Jean Lenoir!

Por outro lado, buscas nos "leitos". Telefonemas para os sanatórios centrais e enfermarias especiais na vaga esperança de encontrar Victor, o companheiro tuberculoso sobre o qual o condenado falara.

Muitos Victor. Demais! Mas não *o* Victor!

Ao meio-dia, Maigret estava com dor de cabeça, sem apetite. Almoçou na Place Dauphine, no restaurantezinho que quase todos os funcionários da polícia frequentam. Depois telefonou a Morsang, onde havia agentes postados nas cercanias da casa dos Basso.

Mas não tinham visto ninguém. A sra. Basso levava uma vida normal, com o filho. Lia muitos jornais. A casa não tinha telefone.

E, sem pensar, como se já fosse um velho hábito, dirigiu-se para a Taverne Royale, apertou a mão que se estendia e se viu sentado ao lado de James.

– Nada de novo? – este indagou.

E logo ao garçom:

– Dois Pernod!

A tempestade estava atrasada. As ruas continuavam inundadas de sol. Ônibus passavam, lotados de estrangeiros.

– A hipótese mais simples, a que os jornais adotaram – murmurou Maigret como para si mesmo –, é que Basso, atacado pelo companheiro, por uma ou outra razão, agarrou a arma apontada para ele e atirou no camiseiro.

– É uma besteira!

Maigret fitou James, que também parecia falar consigo mesmo.

– Por que é uma besteira?

– Porque, se Feinstein quisesse matar Basso, teria agido de

modo mais engenhoso. Era um homem prudente. Um bom jogador de bridge.

O comissário não pôde conter o riso, de tão sério que estava James ao dizer tudo isso.

– Nesse caso, qual a sua opinião?

– É claro que não tenho opinião. Basso não precisava ir para a cama com Mado. Só de vê-la, sente-se logo que é uma mulher que não larga facilmente um homem.

– O marido dela já se mostrara enciumado?

– Ele?

E olhos curiosos procuraram Maigret, faiscantes de ironia.

– Ainda não entendeu?

James deu de ombros, resmungou:

– Isso não me diz respeito. Em todo o caso, se ele fosse ciumento, faz tempo que a maioria dos habitués de Morsang estaria morta.

– Todos eles foram...?

– Não exageremos. Todos eles... Enfim, Mado dançou com todo mundo. E, dançando, se metiam no mato...

– O senhor também?

– Não danço – replicou James.

– O marido devia forçosamente perceber o que o senhor diz, não?

Então, o inglês, com um suspiro:

– Não sei. Ele deve dinheiro a todos!

De certo ângulo, James parecia um imbecil ou um bêbado embrutecido. De outro, era desconcertante.

– Ora vejam só! – assobiou Maigret.

– Dois Pernod, dois!

– Pois é. Mado nem precisa ficar sabendo. É discreto. Feinstein arranca dinheiro dos amantes da mulher, sem parecer saber de nada, pondo nisso uma insistência ambígua.

Não trocaram outras frases. A tempestade não caía. Maigret

tomou seus Pernod, os olhos cravados na rua onde passava a multidão. Estava confortavelmente sentado, o corpo à vontade, e seu cérebro examinava com indolência o problema tal como se apresentava agora.

— Oito horas!

E James apertava sua mão, ia embora, bem no momento em que o aguaceiro desabava.

Sexta-feira já tinha virado costume. Maigret ia à Taverne Royale sem se dar conta. A certa altura, não pôde se impedir de dizer a James:

— Quer dizer que nunca vai pra casa depois do trabalho? Das cinco às oito, o senhor...

— A gente tem que ter o nosso cantinho! — suspirou o outro.

E esse cantinho era o terraço de uma brasserie, uma mesa de mármore, o aperitivo opalino e, como horizonte, a colunata da Madeleine, o avental branco dos garçons, a multidão, os carros em movimento.

— Está casado há muito tempo?

— Oito anos...

Maigret não ousou lhe perguntar se amava a mulher. Aliás, estava convencido de que James responderia que sim. Só que depois das oito! Depois do cantinho íntimo.

Será que a relação dos dois homens não começava a desgastar a amizade?

Naquele dia não falaram do caso. Maigret tomou seus três Pernod. Precisava não ver a vida sob uma luz demasiado crua. Estava assaltado por pequenas aporrinhações, preocupações rasteiras.

Era a época das férias. Tinha de cuidar do trabalho de vários colegas. E o juiz de instrução do caso da gafieira não lhe dava sossego, mandava-o interrogar novamente Mado Feinstein, examinar os livros de contas do camiseiro, questionar os criados de Basso.

A Polícia Judiciária já tinha poucos homens disponíveis, e eram necessários muitos para vigiar todos os lugares em que o fugitivo era capaz de aparecer. Isso deixava o chefe de mau humor.

– Não vai acabar logo com essa brincadeira? – este lhe perguntara naquela manhã.

Maigret era da mesma opinião de James. Ele farejava a presença de Basso em Paris. Mas onde tinha arranjado dinheiro? Ou como vivia? Que esperanças tinha? O que esperava? Em que se empenhava?

Sua culpa não estava provada. Ficando preso e contratando um bom advogado, podia esperar, se não a absolvição, pelo menos uma pena leve. Depois disso, voltaria para a sua fortuna, sua mulher, seu filho.

Ora, em vez disso fugia, se escondia, renunciava assim a tudo o que havia sido sua vida.

– Ele deve ter lá suas razões! – dissera James com sua filosofia costumeira.

Contamos sem falta com você, estaremos na estação, beijos.

Era sábado. A sra. Maigret enviava um ultimato afetuoso. Seu marido ainda não sabia como ia responder. Mas às cinco horas estava na Taverne Royale, apertava a mão de James, que se virava para o garçom:

– Pernod...

Como no sábado anterior, era a corrida para as estações, um desfile contínuo de táxis carregados de bagagens, o corre-corre das pessoas saindo enfim de férias.

– Vai a Morsang? – indagou Maigret.

– Como todos os sábados.

– Vamos sentir um vazio...

O comissário bem que tinha vontade de ir a Morsang também. Mas, por outro lado, queria ver sua mulher, pescar trutas nos riachos da Alsácia, respirar o cheiro gostoso da casa da cunhada.

Ainda hesitava. Olhou vagamente para James, que se levantou de repente e se dirigiu para o fundo da brasserie.

Não se espantou. Não fez mais que registrar automaticamente essa partida momentânea. Mal notou que seu companheiro voltava ao seu lugar.

Cinco minutos, dez minutos passaram. Um garçom se aproximou.

– O sr. Maigret, por favor. É um dos senhores?

– Sou eu. Por quê?

– Ligação para o senhor.

E Maigret se levantou, foi por sua vez ao fundo da sala, sobrancelhas franzidas porque, apesar do torpor, farejava algo fora do normal.

Quando entrou na cabine, virou-se para o terraço, avistou James, que olhava para ele.

– Esquisito! – grunhiu. – Alô! Alô!... Aqui é Maigret. Alô! Alô!

Impacientou-se, estalou os dedos. Enfim uma voz de mulher do outro lado da linha.

– Pois não?

– Alô! E então?

– Que número deseja?

– Ligaram para mim, senhorita.

– Impossível, senhor. Desligue! Não liguei para o seu número faz pelo menos dez minutos.

Ele abriu a porta com um empurrão brutal. E foi rápido como uma cacetada. Lá fora, na sombra do terraço, um homem estava de pé perto de James. Era Marcel Basso, vestido de forma estranha, roupa apertada, diferente do que era, cujo olhar febril espreitava a porta da cabine.

Viu Maigret no momento em que este o observava. Seus lábios se moveram. Deve ter dito alguma coisa e se precipitou imediatamente na multidão.

– Quantas ligações? – perguntou a caixa ao comissário.

Mas este corria. O terraço estava lotado. O tempo de atravessá-lo, de chegar à beira da calçada, e era impossível dizer em que direção Basso tinha fugido. Havia cinquenta táxis passando. Teria pegado um? E ônibus, além deles!

Maigret, de cara fechada, voltou para a mesa, sentou sem dizer uma palavra, sem olhar para James, que não tinha se mexido.

– A caixa pediu para lhe perguntar quantas ligações... – veio perguntar um garçom.

– Cale a boca!

Percebeu um sorriso nos lábios de James, voltou-se contra ele.

– Meus parabéns!

– Acha que...?

– Foi combinado?

– Não chegou a ser. Dois Pernod, garçom. E um maço de cigarros.

– O que ele te disse? O que queria?

James recostou-se na cadeira sem responder, suspirou, como um homem que acha toda conversa inútil.

– Dinheiro? Onde ele arranjou o terno que vestia?

– Não vai querer que ele ande por Paris de calça e camisa de dormir!

De fato, foi assim vestido que Basso fugiu na Gare de Seine-Port. James não esquecia nada.

– É a primeira vez que entra em contato com ele esta semana?

– Que ele entra em contato comigo!

– E o senhor não ia dizer nada?

– O senhor faria como eu, não é? Bebi mil vezes na casa dele. Ele não me fez nada.

– Ele queria dinheiro?

– Faz meia hora que ele nos espiava. Já ontem achei que o tinha visto na outra calçada. Com certeza não teve coragem...

– E o senhor fez que me chamassem ao telefone!

– Ele parecia cansado.

– Não disse nada?

– É incrível como um terno que não cai bem pode mudar um homem – suspirou James, sem responder.

Maigret o observava disfarçadamente.

– Sabe que, segundo a lei, o senhor poderia ser acusado de cumplicidade?

– Tem tanta coisa que a gente pode fazer segundo a lei. Sem contar que ela nem sempre é muito boa.

Estava com seu ar mais excêntrico.

– E os Pernod, garçom?

– Estão aqui, estão aqui!

– Também vem a Morsang? Porque vou lhe dizer uma coisa, se vier, é mais vantajoso tomar um táxi. São cem francos. E o trem custa...

– E a sua mulher?

– Ela sempre pega um táxi com a irmã e as amigas. Com cinco, sai por vinte francos para cada, e o trem custa...

– Tá bom!

– Não vem?

– Vou! Quanto é, garçom?

– Um instante! Cada um paga a sua, como sempre.

Era um começo. Maigret pagou sua despesa. James, a dele. E acrescentou dez francos pelo falso recado do garçom.

No táxi, parecia preocupado, mas na altura de Villejuif revelou o objeto dessa preocupação:

– Eu me pergunto em casa de quem vamos jogar bridge amanhã à tarde.

Era hora da tempestade. Rajadas de chuva começavam a atingir os vidros.

5. O carro do doutor

Era de prever que encontrariam em Morsang uma atmosfera diferente da costumeira. O drama datava do domingo anterior. Da pequena turma, havia um morto e um assassino em fuga.

Em todo caso, quando James e Maigret chegaram, os que já estavam lá rodeavam um carro novo. Haviam trocado sua roupa da cidade pelos tradicionais trajes esporte. Só o doutor estava de terno.

O carro era dele. Saía com ele pela primeira vez. Interrogavam-no e ele expunha com complacência os méritos do veículo.

– É verdade que o meu consome mais, porém...

Quase todos tinham carro. O do doutor era novo.

– Ouçam como responde...

Sua mulher estava tão feliz que continuava sentada no carro aguardando o fim desses conciliábulos. O dr. Mertens devia ter uns trinta anos. Era magro, franzino e seus gestos eram tão delicados quanto os de uma mocinha anêmica.

– É seu carro novo? – perguntou James, aparecendo.

Deu a volta no automóvel a passos largos, ruminando coisas ininteligíveis.

– Preciso experimentá-lo amanhã de manhã. Não te incomoda, não é?

A presença de Maigret poderia ter sido incômoda. Mal o percebiam! É verdade que no albergue cada um ficava em seu quarto, cada um ia e vinha à vontade.

– Sua mulher não vem, James?

– Ela vai chegar com Marcelle e Lili.

Tiravam os barcos da garagem. Alguém consertava uma vara de pescar com fio de seda. Até a hora do jantar, ficaram espalhados e, à mesa, não houve conversa geral. Alguns fragmentos de frase.

– A sra. Basso está em casa?

– Que semana deve ter passado!

– O que vamos fazer amanhã?

Mesmo assim, Maigret estava sobrando. Evitavam o comissário, mas sem demonstrar muito. Quando James não estava com ele, ficava errando sozinho pelo terraço ou à beira d'água.

Quando a noite caiu, aproveitou para ver seus agentes postados perto da casa dos Basso.

Eram dois se revezando, comendo um de cada vez num botequim de Seine-Port, a dois quilômetros dali. Quando o comissário apareceu, o que não estava de plantão puxava uma linha do rio.

– Nada a assinalar?

– Absolutamente nada. *Ela* leva uma vida tranquila. De vez em quando passeia no jardim. Os fornecedores vêm como de costume: o padeiro às nove, o açougueiro um pouco mais tarde e, lá pelas onze, o verdureiro com sua charrete.

Havia luz no térreo. Através das cortinas, adivinhava-se a silhueta do menino que tomava a sopa, com um guardanapo em volta do pescoço.

Os policiais estavam num pequeno bosque ao longo do rio, e o que pescava suspirou:

– Sabe? Está cheio de coelhos por aqui. Se a gente quisesse...

Em frente, a gafieira de dois tostões, onde dois casais – sem dúvida operários de Corbeil – dançavam ao som da pianola.

Um domingo de manhã como todos os domingos de Morsang com pescadores ao longo das margens, outros pescadores imóveis em barcos pintados de verde e amarrados a duas estacas, canoas, um ou dois barcos a vela.

Sentia-se que tudo aquilo era programado com cuidado, que nada era capaz de mudar o curso regular desses dias.

A paisagem era bonita, o céu, claro, as pessoas, sossegadas, e talvez por causa disso tudo era enjoado como uma torta doce demais.

Maigret encontrou James de malha listrada de azul e branco, calça branca e alpargatas, boné de marujo americano na cabeça e bebendo, no lugar do café da manhã, um copão de *fine à l'eau*.

– Você dormiu bem?

Um detalhe divertido: em Paris ele não tratava Maigret por "você", mas em Morsang chamava todo mundo assim, inclusive o comissário, sem sequer se dar conta.

– O que você vai fazer esta manhã?

– Acho que vou até a gafieira.

– Vamos todos estar lá. Parece que marcaram um encontro ali para o aperitivo. Quer um barco?

Maigret era o único de traje de passeio escuro. Deram-lhe um caiaque envernizado e teve dificuldade de se manter equilibrado. Quando chegou à gafieira de dois tostões, eram dez da manhã e ainda não se via nenhum cliente.

Melhor dizendo, encontrou um, na cozinha, ocupado em comer um naco de pão com salame. A vovozinha lhe dizia:

— Tem que cuidar disso! Um dos meus garotos não queria saber de se tratar e morreu... E ele era maior e mais forte que você.

Nesse instante, o cliente foi tomado por um acesso de tosse e não conseguia engolir o pão que tinha na boca. Enquanto tossia, avistou Maigret à porta, franziu o cenho.

— Uma cerveja! — pediu o comissário.

— Não prefere se instalar no terraço?

Não! Ele preferia a cozinha, com sua mesa de madeira entalhada, suas cadeiras de palha, a panelona que chiava em cima do fogão.

— Meu filho foi a Corbeil buscar uns sifões que esqueceram de entregar. O senhor pode me ajudar a abrir o alçapão? — E a velha, toda curvada, desceu, enquanto o freguês não tirava os olhos de Maigret.

Era um rapaz de uns vinte e cinco anos, pálido e magro, com pelos louros nas bochechas. Tinha olhos bem fundos nas órbitas, lábios sem cor.

Porém, o que mais chamava a atenção era sua roupa. Não era maltrapilho como um vagabundo. Não tinha a postura insolente de um meliante profissional.

Não! Havia nele um misto de timidez e fanfarrice. Era ao mesmo tempo humilde e agressivo, asseado e sujo, se assim se pode dizer.

Roupas que tinham sido corretas, bem conservadas, e que de uns dias para cá haviam se arrastado por toda a parte.

— Documentos!

Maigret não precisava acrescentar:

— Polícia!

O rapaz tinha percebido fazia tempo. Tirou do bolso uma caderneta militar ensebada. O comissário lia o nome a meia-voz:

— Victor Gaillard!

Fechou tranquilamente a caderneta e devolveu-a ao dono. A velha subia de volta, fechava o alçapão.

– Está fresquinha! – disse, abrindo a garrafinha.

E voltou a descascar as batatas enquanto o diálogo entre os dois começava de modo calmo, sem emoção aparente.

– Último endereço?

– Sanatório municipal de Gien.

– Quando saiu?

– Faz um mês.

– E desde então?

– Estava sem um tostão furado. Fiz uns bicos ao longo do caminho. Pode me prender por vagabundagem, mas vão ter de me internar de novo num sanatório. Estou só com um pulmão...

Não dizia isso num tom lacrimejante, mas, ao contrário, parecendo dar uma referência.

– Recebeu uma carta de Lenoir?

– Que Lenoir?

– Não se faça de besta! Ele te disse que você encontraria o cara na gafieira de dois tostões.

– Eu estava cheio do sanatório!

– E principalmente estava a fim de viver de novo à custa do cara do canal Saint-Martin.

A velha ouvia sem entender, sem se espantar. Tudo transcorria com naturalidade, naquele cenário de casinha pobre onde uma galinha vinha ciscar no meio da cozinha!

– Não vai responder?

– Não sei o que o senhor quer dizer.

– Lenoir falou.

– Não conheço nenhum Lenoir.

Maigret encolheu os ombros, repetiu acendendo lentamente o cachimbo:

– Não se faça de besta! Você sabe que acabo te pegando.

— Só arrisco o sanatório.

— Eu sei... O pulmão que tiraram...

Viam-se as canoas deslizando no rio.

— Lenoir não te enganou. O cara vai vir.

— Não vou dizer nada!

— Azar o seu. Se não se decidir até o cair da noite, te mando para o xadrez por vagabundagem. Depois veremos...

Maigret olhava para ele nos olhos, lia o rapaz tão facilmente quanto um livro, conhecia muito bem esse tipo de homem.

Uma raça diferente da de Lenoir! Victor era dos que, entre os malandros, se põem a reboque dos outros! Dos que mandam ficar vigiando durante um golpe! Dos que ficam com a menor parte na divisão!

Seres apáticos que, uma vez lançados numa direção, são incapazes de alterá-la. Ele havia frequentado as ruas e os bailes populares aos dezesseis anos. Com Lenoir, tinha topado com o maná do canal Saint-Martin. Assim, pôde viver por certo tempo de uma chantagem tão regular quanto uma profissão reconhecida.

Se não fosse a tuberculose, certamente teria sido encontrado como último comparsa da quadrilha de Lenoir. Mas sua saúde o havia levado ao sanatório. Deve ter levado médicos e enfermeiras ao desespero. Furtos, pequenos delitos diversos. E Maigret adivinhava que, de punição em punição, o tinham mandado de um sanatório a outro, de um hospital a uma casa de saúde, de uma casa de saúde a uma casa de correção.

Ele não se assustava. Tinha uma boa resposta para tudo: seu pulmão! Vivia dele, à espera da morte.

— Acha que dou bola para isso?

— Quer dizer que você se recusa a me indicar o homem do canal?

— Não conheço.

Pronunciava essas palavras enquanto seus olhos faiscavam

de ironia. Até voltava ao seu salame, mordia-o com vigor, mastigava com aplicação.

— Primeiro, Lenoir não disse nada! — resmungou depois de refletir. — Não ia falar bem na hora de morrer.

Maigret não se irritava. Estava indo de vento em popa. De todo modo, tinha agora um elemento a mais para chegar à verdade.

— Mais uma cerveja, vovó!

— Ainda bem que pensei em subir três de uma vez!

Olhava com curiosidade para Victor, perguntando-se que crime ele poderia ter cometido.

— Quando penso que você seria bem tratado num sanatório e que saiu de lá... Como meu filho! Gostam mais de vagabundar do que...

No sol que banhava a paisagem, Maigret acompanhava as evoluções dos barcos.

A hora do aperitivo se aproximava. Um pequeno veleiro, em que haviam tomado lugar a mulher de James e duas amigas, chegava à margem. As três mulheres faziam sinais a uma canoa que por sua vez se acercava.

E outras embarcações seguiam. A velha, percebendo o movimento, suspirava:

— E meu filho que não voltou! Não vou poder servi-los. Minha filha foi buscar leite.

Mesmo assim, pegou uns copos que foi pôr nas mesas do terraço, depois mexeu num bolso escondido da sua saia larga, fazendo as moedas tilintarem.

— Vão precisar de troco para a música...

Maigret continuava em seu lugar, observando sucessivamente os que chegavam e o vagabundo tuberculoso que continuava comendo com indiferença. Avistava sem querer a casa dos Basso, com seu jardim florido, seu trampolim no rio, os dois barcos amarrados, o balanço do menino.

Estremeceu de repente porque acreditou ouvir um tiro ao longe. Na beira do Sena as pessoas também tinham levantado a cabeça. Mas não se via nada. Não acontecia nada. Dez minutos se passaram. Os fregueses do Vieux Garçon se instalavam em torno das mesas. A velha saía, braços carregados de garrafas de aperitivo.

Então, uma silhueta desceu correndo o talude do gramado, no terreno dos Basso.

Maigret reconheceu um dos seus inspetores que, desajeitadamente, tirava a corrente de uma canoa e remava com todas as suas forças rumo ao largo.

Levantou-se, olhou para Victor.

— Não saia daqui, hein?

— Se isso lhe agrada...

Lá fora, tinham parado de pedir bebidas, para observar o homem que remava. Maigret caminhava até o capim à beira d'água, esperava com impaciência.

— O que foi?

O inspetor estava sem fôlego.

— Suba depressa! Juro que não foi minha culpa.

Remava de novo, com Maigret a bordo, em direção à casa.

— Tudo estava tranquilo. O verdureiro acabava de ir embora. A sra. Basso passeava no jardim com o menino. Não sei por que, achei que eles tinham um jeito estranho de passear, como pessoas que esperam alguma coisa. Chega um carro, um carro novinho em folha. Para bem em frente ao portão. Um homem desce...

— Um pouco careca, mas ainda jovem?

— Isso! Entra. Caminha pelo jardim com a sra. Basso e o menino. O senhor sabe onde é meu posto de observação. Estava bem longe deles. Eles se apertam as mãos. A mulher leva o homem de volta ao portão. Ele senta ao volante, aciona o motor de arranque. E antes que eu pudesse fazer um só movimento, a sra. Basso pula para dentro com o filho e o carro parte a toda.

— Quem atirou?

— Eu. Queria furar um pneu.

— Berger estava com você?

— Estava. Eu o enviei a Seine-Port para telefonar a todo mundo.

Era a segunda vez que precisavam alertar todas as gendarmarias de Seine-et-Oise.

O barco encostava na margem. Maigret entrava no jardim. Mas para fazer o quê? Restava um telefonema para trabalhar, alertar os gendarmes.

Maigret se abaixou para pegar um lenço feminino, bordado com as iniciais da sra. Basso. Estava quase reduzido a fiapos, tanto ela o havia puxado à espera de James.

Talvez o que mais afetasse o comissário fosse a lembrança dos Pernod da Taverne Royale, das horas de surdo torpor passadas ao lado do inglês, no terraço da brasserie.

Sentia como que uma náusea. Tinha a penosa sensação de não ter sido ele mesmo, de ter se deixado dominar por uma espécie de encantamento.

— Continuo vigiando a casa?

— Temendo que os tijolos deem no pé? Vá se juntar a Berger. Ajude-o a montar o cerco. Trate de arranjar uma moto, para me manter informado de hora em hora.

Na mesa da cozinha, ao lado dos legumes, um envelope com a escrita de James:

Entregar sem falta à sra. Basso

Claro que o verdureiro é quem havia trazido a carta. Ela prevenia a jovem senhora sobre o que ia acontecer. É por isso que ela passeava nervosamente no jardim com o filho!

Maigret entrou de volta no barco. Quando chegou à gafieira de dois tostões, a turma rodeava o vagabundo, que o médico interrogava e a quem haviam oferecido um aperitivo.

Victor teve a audácia de lançar uma olhadela ao comissário, como se lhe dissesse: "Estou pondo meu plano em prática! Deixe-me agir...".

E continuou a explicar:

– ... Parece que é um grande professor. Encheram meu pulmão de oxigênio, como dizem, depois tornaram a fechar, como um balão de criança.

O doutor sorria com os termos empregados, mas confirmava com sinais, para seus companheiros, a veracidade do relato.

– Agora devem fazer a mesma coisa com a metade do outro. Porque a gente tem dois pulmões, claro... De modo que só vou ficar com metade.

– E você toma aperitivos?

– Como não! À sua saúde!

– Não tem suores frios, de noite?

– Às vezes. Quando durmo num barracão cheio de vento encanado!

– O que vai tomar, comissário? – perguntou alguém. – Não aconteceu nada, espero, para o terem vindo buscar assim, não é?

– Diga, doutor, James usou seu carro esta manhã?

– Ele me pediu licença para experimentá-lo. Já vai voltar.

– Duvido!

O médico teve um sobressalto, enrijeceu com a emoção, gaguejou tentando sorrir:

– Está brincando...

– Não estou brincando nem um pouco. Ele acaba de utilizá-lo para sequestrar a sra. Basso e seu filho.

– James? – indagou estupefata a mulher deste, que não podia acreditar no que ouvia.

– James, perfeitamente!

– Deve ser uma brincadeira. Ele adora as mistificações.

Quem mais se divertia era Victor, que bebericava seu aperitivo contemplando Maigret com uma ironia beata.

O taberneiro voltava de Corbeil com sua carrocinha puxada por um pônei. Desembarcava as caixas de sifões, anunciando de passagem:

– Mais confusão! Agora a gente não pode mais circular pelas estradas sem ser parado pelos gendarmes. Ainda bem que me conhecem...

– Na estrada de Corbeil?

– Há alguns minutos. São dez, perto da ponte, parando todos os veículos e pedindo documentos. De modo que tem pelo menos trinta carros imobilizados.

Maigret desviou a cabeça. Não era culpa sua. Era o único método possível, mas um método pesado, deselegante, brutal. E era muito, dois domingos seguidos, no mesmo departamento, por um caso sem envergadura de que os jornais mal haviam falado.

Será que tinha metido os pés pelas mãos? Feito uma grande besteira?

Voltou-lhe mais uma vez a lembrança desagradável da Taverne Royale e das horas passadas com James.

– O que vai tomar? – perguntavam-lhe novamente. – Um "Per"?

Outra palavra que lhe era desagradável, porque era como a síntese de toda aquela semana, de todo o caso, da vida dominical da turma de Morsang.

– Uma cerveja! – replicou.

– A esta hora?

O bom rapaz que queria lhe oferecer o aperitivo não deve ter compreendido por que Maigret, subitamente furioso, martelava:

– Sim, a esta hora!

O vagabundo também recebeu um olhar raivoso. O doutor, falando dele, explicava ao pescador de lúcios:

– É um caso... Eu conhecia o tratamento, mas nunca tinha visto uma aplicação tão completa do pneumotórax...

E, em voz baixa:

– Mesmo assim, só tem um ano...

Maigret almoçou no Vieux Garçon, sozinho em seu canto como um bicho doente que rosna com a menor aproximação. Duas vezes o inspetor veio encontrá-lo de moto.

– Nada. O carro foi visto na estrada de Fontainebleau, mas depois não mais.

Bonito! Uma barreira na estrada de Fontainebleau! Milhares de carros parados!

Duas horas depois, ficou-se sabendo que em Arpajon um garagista havia fornecido gasolina a um carro que correspondia à descrição do automóvel do doutor.

Mas seria mesmo ele? O homem afirmava que não havia mulher no automóvel.

Enfim, às cinco, um comunicado de Montlhéry. O carro rodava no autódromo, como se fizesse testes de velocidade, quando um pneu furado o imobilizou. Por acaso, um agente havia pedido ao motorista sua carteira. Ele não tinha.

Era James sozinho. Aguardavam as instruções de Maigret para soltá-lo ou prendê-lo.

– Pneus novinhos! – lamentava-se o doutor. – E logo a primeira vez que saí. Vou acabar achando que ele é maluco. Ou então, estava bêbado, como sempre.

E pediu a Maigret licença para acompanhá-lo.

6. Barganhas

Fizeram um desvio para passar pela gafieira e pegar o vagabundo, que, uma vez no carro, se virou para o taberneiro e lhe lançou um olhar que significava: "Viu como me tratam com atenção?".

Ele estava no banco dobrável, em frente a Maigret. A janela estava aberta e ele teve a cara de pau de pedir, com um trejeito:

– Seria um incômodo fechá-la? Por causa do meu pulmão, sabe?

Não havia corridas aquele dia no autódromo. Alguns esportistas treinavam na pista, diante das arquibancadas vazias. Tinha-se com isso uma sensação ainda maior de infinitude.

Em algum ponto, um carro parado, um uniforme de gendarme e um homem de capacete de couro ajoelhado em frente a uma moto.

– É por ali – disseram ao comissário.

Victor se interessava principalmente por uma bólide que rodava na pista a uns duzentos quilômetros por hora, e dessa vez ele mesmo abriu a janela do carro para se debruçar.

– É o meu carro! – disse o doutor. – Tomara que...

Então, diante do motociclista ocupado em consertar, distinguia-se James, que, plácido, queixo na mão, dava conselhos ao mecânico. Ergueu a cabeça ao ver Maigret com seus dois companheiros, murmurou:

— Ora, ora! Já?

Depois mediu Victor da cabeça aos pés, surpreso, aparentemente se perguntando o que ele fazia ali.

— Quem é?

Se Maigret havia depositado alguma esperança nesse encontro, deve ter se desencantado. Victor mal olhou para o inglês, continuou a se interessar pelas voltas do carro de corrida. O doutor já havia aberto as portas do carro para se assegurar de que não havia sofrido nada.

— Faz tempo que está aqui? — grunhiu o comissário a James.

— Não sei mais. Pode ser que há bastante tempo, sim.

Era de uma fleuma inacreditável. Impossível imaginar que acabava de sequestrar uma mulher e um garoto bem nas barbas da polícia e que por causa dele toda a gendarmaria de Seine-et-Oise ainda estava em pé de guerra.

— Não se preocupe — disse ao doutor. — É só o pneu. O resto está intacto. Uma boa máquina. Talvez um pouco dura na arrancada.

— Foi Basso que ontem lhe pediu para ir buscar a mulher e o filho?

— O senhor sabe que não posso responder a perguntas assim, meu caro Maigret.

— E também não pode me dizer onde os deixou.

— Confesse que no meu lugar o senhor...

— Há em todo caso uma coisa muito inteligente, uma coisa que um profissional não teria encontrado!

James olhou para ele com uma surpresa cheia de modéstia.

— O quê?

— O autódromo! A sra. Basso está em segurança. Mas é melhor a polícia não encontrar logo o carro. As estradas estão vigiadas. Então o senhor pensa no autódromo. E dá voltas, voltas...

— Juro que faz tempo que eu tinha vontade de...

Mas o comissário não se preocupava mais com ele e se precipitava para o doutor, que queria pôr o pneu sobressalente.

— Desculpe! O carro fica à disposição da Justiça até segunda ordem.

— O quê? *Meu* carro? Mas o que foi que eu fiz?

Não adiantou protestar, o carro foi trancado num boxe, cuja chave Maigret pegou. O gendarme aguardava instruções. James fumava um cigarro. O vagabundo continuava vendo as bólides rodar.

— Leve-o! — disse Maigret, designando-o. — Trancafiem-no no plantão da Polícia Judiciária.

— E eu? — perguntou James.

— Continua sem ter nada a me dizer?

— Nada de especial. Ponha-se em meu lugar!

Então Maigret, enfezado, lhe deu as costas.

Segunda-feira começou a chover e Maigret adorou, porque o tempo cinzento se harmonizava melhor com seu humor e com as tarefas do dia.

Primeiro os relatórios sobre os acontecimentos da véspera, relatórios que deviam justificar o emprego das forças pedido pelo comissário.

Às onze horas, dois peritos do Serviço de Identificação da PJ vieram buscá-lo em sua sala e, de táxi, os três foram para o autódromo, onde Maigret apenas observou seus colegas trabalharem.

Sabia-se que o doutor só havia feito sessenta quilômetros com o carro, que saía da fábrica. O hodômetro marcava agora duzentos e dez quilômetros. E avaliava-se em cerca de cinquenta quilômetros o percurso feito por James no autódromo.

Restava em sua conta uma centena de quilômetros na estrada. De Morsang a Montlhéry, não são mais de quarenta, indo direto.

Portanto, num mapa rodoviário, restava delimitar o campo de ação do carro.

O trabalho dos peritos foi minucioso. Os pneus foram raspados com cuidado, as poeiras e os fragmentos, recolhidos, examinados à lupa, alguns separados para análise posterior.

— Asfalto fresco! — anunciava um deles.

E o outro, num mapa especial fornecido pelo serviço de Obras Públicas, procurava, num determinado perímetro, os locais em que a estrada estava sendo asfaltada.

Havia quatro ou cinco em direções diferentes. O primeiro perito prosseguia:

— Resíduos calcários...

O mapa do Estado-maior vinha então confirmar os outros dois. Maigret andava de um lado para o outro, fumando com uma cara de poucos amigos.

— Não tem calcário para os lados de Fontainebleau, já entre La Ferté-Alais e Arpajon...

— Encontrei grãos de trigo entre os sulcos dos pneus...

As observações se acumulavam. Os mapas estavam sobrecarregados de traços de lápis azul e vermelho.

Às duas horas, telefonaram ao prefeito de La Ferté-Alais para lhe perguntar se alguma empresa utilizava neste momento cimento Portland na cidade, de tal modo que pudesse haver na estrada. A resposta só chegou às três.

— A Moulins de l'Essonne faz obras empregando cimento Portland. Tem obras na estrada departamental de La Ferté a Arpajon.

Já era um ponto vencido. O carro havia passado por lá e os

peritos ainda levaram certo número de objetos para estudá-los mais minuciosamente no laboratório.

Maigret, com o mapa na mão, assinalou todas as aglomerações situadas no perímetro de ação do carro, avisou as gendarmarias e as prefeituras.

Às quatro, saiu da sua sala com a ideia de interrogar o vagabundo, que ele não havia visto desde a véspera e que estava na cela provisória instalada ao pé da escada da PJ. Ocorreu-lhe uma ideia quando descia a escada. Voltou à sua sala para telefonar ao contador de Basso.

– Alô! Polícia! Pode me dizer qual é o banco da firma? O Banque du Nord, Boulevard Haussmann? Obrigado.

Mandou que o levassem ao banco, apresentou-se ao gerente da agência. E, cinco minutos depois, Maigret tinha um elemento de investigação a mais. Naquela mesma manhã, por volta das dez, James tinha se apresentado ao caixa e descontado um cheque de trezentos mil francos, assinado por Marcel Basso.

Esse cheque era datado de quatro dias antes.

– Chefe! O cara que está aqui embaixo insiste em vê-lo. Parece que ele tem uma coisa importante a lhe dizer.

Maigret desceu pesadamente a escada, entrou na cela onde Victor estava sentado num banco, cotovelos na mesa, cabeça entre as mãos.

– Sou todo ouvidos!

O prisioneiro se levantou vivamente, assumiu um ar de espertalhão e, balançando de uma perna a outra, começou:

– Não encontrou nada, não é mesmo?

– Continue!

– Viu como não encontrou nada? Não sou mais burro que outro qualquer. Então esta noite eu pensei...

– Resolveu falar?

– Espere aí! A gente vai ter que se entender. Não sei se é verdade que Lenoir deu o serviço, mas, em todo caso, se deu, não lhe disse o bastante. Sem mim, o senhor não vai descobrir nada. É um fato. O senhor está enrolado. Vai ficar cada vez mais. Então eu lhe digo o seguinte: um segredo como esse vale dinheiro. Muito dinheiro! Suponha que se eu fosse ver o assassino e lhe dissesse que vou contar tudo para a polícia. O senhor não acha que ele soltaria o que eu quisesse?

Victor estava com aquele ar radiante dos humildes, acostumados a curvar a cabeça, que se sentem subitamente fortes. A vida inteira esteve às voltas com a polícia. Agora tem a impressão de estar com as cartas na mão. Acompanhava seu discurso com poses estudadas, olhares cheios de subentendidos.

– Então, é o seguinte: que razão eu tenho para falar, para prejudicar um cara que não me fez nada? O senhor quer me pôr em cana por vagabundagem? Está se esquecendo do meu pulmão. Vão me mandar para a enfermaria, depois para um sanatório!

Maigret não tirava os olhos dele, sem dizer nada.

– O que acha de trinta mil francos? Não é muito... O bastante para terminar tranquilamente minha vida, que não vai ser longa. E trinta notas, que diferença faz para o governo?

Já acreditava tê-las no bolso. Exultava. Um acesso de tosse o interrompeu, fez seus olhos lacrimejarem, mas pareciam lágrimas de triunfo.

E ele se achava esperto! Se achava forte!

– Minha última palavra! Trinta mil francos e conto tudo! O senhor pega o cara! Vai ser promovido! Vai ser felicitado nos jornais! Ou isso, ou nada! Eu o desafio a pegá-lo. Não se esqueça de que isso remonta a mais de seis anos, que só houve duas testemunhas, Lenoir, que não falará mais, e o papai aqui.

– É só? – perguntou Maigret, que havia permanecido de pé.

– Acha caro?

A inquietude aflorou à alma do vagabundo, por causa da calma de Maigret, do seu rosto impassível.

– Sabe, o senhor não me mete medo.

Ele ria forçado...

– Faz tempo que conheço essa história! O senhor pode até mandar me espancar. Mas vai ver o que contarei depois. Lerão nos jornais que um pobre coitado que só tem um pulmão...

– É só?

– Também não acredite que vai descobrir a verdade sozinho. Então, eu digo, eu aqui, que trinta mil francos...

– É só?

– Em todo caso, não conte que vou fazer besteira. Mesmo se o senhor me soltar, não sou besta para correr até a casa do cara, nem de escrever pra ele, nem de telefonar...

A voz não era mais a mesma. Victor perdia o pé. Tentava manter as aparências.

– Para começo de conversa, quero um advogado. O senhor não tem o direito de me manter aqui por mais de vinte e quatro horas e...

Maigret exalou uma pequena nuvem de fumaça, enfiou as mãos nos bolsos, saiu, disse ao vigia:

– Tranque!

Estava furioso! Uma vez só, podia deixar a cólera transparecer em seu rosto. Estava furioso porque tinha ali um imbecil, ao alcance da sua mão, à sua mercê, porque esse imbecil sabia tudo, mas não havia nada a tirar dele.

Justamente porque era um imbecil! Porque se achava forte e esperto!

Ele tinha pensado em fazer chantagem! A chantagem do pulmão!

Três vezes, quatro vezes durante a conversa, o comissário esteve a ponto de lhe meter a mão na cara, de modo a trazê-lo a realidades mais sadias. Conteve-se.

Estava encrencado! Nenhum texto de lei lhe dava poderes sobre Victor. Era um indivíduo degenerado, que sempre vivera de roubos e expedientes? O fato é que nenhum delito novo, salvo o de vagabundagem, permitia processá-lo!

E ele tinha razão, com seu pulmão! Daria dó a todo mundo! Tornaria a polícia odiosa! Obteria colunas de artigos apaixonados em certos jornais.

A polícia espanca um homem nas últimas!

Então ele reclamava tranquilamente trinta mil francos. E tinha razão quando acrescentava que iam ter de soltá-lo!

– Abra a porta para ele esta noite, por volta da uma hora. Diga ao sargento Lucas para segui-lo e para não perdê-lo de vista.

E Maigret cerrava com força entre seus dentes a boquilha do cachimbo. O vagabundo sabia, era só pronunciar uma palavra!

– Para a Taverne Royale – disse ao taxista.

James não estava lá. Não apareceu entre as cinco e as oito. No seu banco, o vigia respondeu que ele tinha saído na hora do fechamento, como sempre.

Maigret jantou um chucrute, telefonou para o seu trabalho por volta das oito e meia.

– O preso não pediu para falar comigo?

– Sim! Ele disse que pensou, que seu último montante é vinte e cinco mil, mas que não vai baixar. Pediu para fazer constar que davam pão sem manteiga para um homem em seu estado e que a temperatura da cela não subia além dos dezesseis graus.

Maigret desligou, andou por um momento pelos bulevares e, ao cair da noite, foi para a Rue Championnet, à casa de James.

Um edifício grande como uma caserna, com apartamentos médios habitados por empregados de escritório, vendedores, pessoas que vivem de pequenos aluguéis.

— Quarto andar, à esquerda.

Não havia elevador, e o comissário subiu lentamente a escada, recebendo às vezes, ao passar por uma porta, odores de cozinha ou gritos de crianças.

Foi a mulher de James que abriu. Vestia um penhoar azul-royal bem bonito. Se não era luxuoso, não tinha a negligência dos penhoares pobres.

— Deseja falar com meu marido?

O vestíbulo era do tamanho de uma mesa. Nas paredes, fotos de barcos a vela, banhistas, jovens e moças em traje de esporte.

— É para você, James.

Ela empurrou a porta, entrou atrás de Maigret, retomou seu lugar numa poltrona, perto da janela, onde continuou um trabalho de crochê.

Os outros apartamentos do prédio devem ter mantido sua decoração do século passado, seus móveis Henrique II ou Luís Filipe.

Aqui, ao contrário, era uma atmosfera mais para Montparnasse que para Montmartre. Lembrava as Artes Decorativas. E recendia ao mesmo tempo a trabalho de amador.

Com madeira compensada, haviam feito novas divisórias, com ângulos inesperados, e a maioria dos móveis eram substituídos por prateleiras pintadas em cores vivas.

O tapete era de uma só cor, um verde agressivo. Os abajures tinham cúpulas imitando pergaminho.

Tinha frescor, era gracioso. Mas tinha-se a impressão de que a tudo aquilo faltava solidez, que era perigoso se apoiar nas divisórias frágeis e que as pinturas a cal não estavam secas.

Tinha-se a impressão, sobretudo, quando James se levantou, de que era pequeno demais para ele, que ele estava encerrado numa caixa e que devia evitar fazer o menor movimento.

Uma porta entreaberta, à direita, deixava ver um banheiro em que só havia lugar para a banheira. E um armário, em frente, constituía toda a cozinha, com um fogareiro a álcool em cima de uma placa de compensado.

James estava ali, numa pequena poltrona, cigarro na boca, um livro nas mãos. Por que Maigret teve a certeza de que antes da sua chegada não havia nenhum contato entre ele e sua mulher?

Cada qual em seu canto! James lia. A mulher fazia crochê. Ouviam-se os bondes e os carros passarem pela rua.

E era tudo. Nenhuma intimidade palpável.

Ele se levantou, estendeu a mão, esboçou um sorriso incomodado, como se desculpando por ter sido surpreendido naquele lugar.

– Como vai, Maigret?

Mas essa cordialidade familiar, que lhe era de costume, soava de outra maneira no apartamento de boneca. Destoava. Não se harmonizava com todas aquelas pequenas coisas, com o tapete, os bibelôs modernos postos nos móveis, as cortinas, os abajures de brinquedo.

– Bem, obrigado.

– Sente-se. Estava lendo um romance inglês.

E seu olhar dizia com clareza: "Não preste atenção! Não tenho culpa. Não estou exatamente em casa...".

A mulher os espiava, sem parar seu trabalho.

– Tem algo para beber, Marthe? – disse a ela.

– Você sabe muito bem que não.

E ao comissário:

– É culpa dele. Quando tenho bebidas aqui, ele esvazia as garrafas em alguns dias! Já bebe bastante fora.

– Diga, comissário, que tal descermos ao bar?

Mas, antes que Maigret respondesse, James se perturbava olhando para a mulher, que devia lhe fazer sinais imperativos.

– Como o senhor preferir. Eu...

Ele fechou o livro suspirando, mudando de lugar um peso de papéis colocado sobre uma mesa baixa.

O cômodo não tinha quatro metros de comprimento. E, no entanto, se percebia que era duplo, que duas vidas nele se desenrolavam sem a menor interação.

De um lado a mulher, que arrumava o interior a seu gosto, costurava, bordava, cozinhava, fazia seus vestidos...

E James, que chegava às oito da noite, devia comer sem dizer uma palavra, lia à espera do momento de se deitar no divã sobrecarregado de almofadas coloridas que, de noite, se transformava em cama.

Compreendia-se melhor o "cantinho pessoal" de James no terraço da Taverne Royale, diante de um Pernod.

– Sim, vamos descer! – disse Maigret.

E seu companheiro se levantou precipitadamente, suspirando de alívio.

– Permita que me calce.

Ele estava de pantufas. Esgueirou-se entre a banheira e a parede. A porta do banheiro continuava aberta, mas a mulher mal baixou a voz para declarar.

– Não dê importância. Ele não é como outro qualquer.

Contou seis pontos de crochê:

– Sete... oito... nove... O senhor acha que ele sabe alguma coisa sobre o caso de Morsang?

– Onde está a calçadeira? – resmungou James, que revirava os objetos num armário.

Ela fixou em Maigret olhos que exprimiam: "Viu como ele é?".

E James enfim saiu do banheiro, pareceu mais uma vez grande demais para o cômodo, disse à sua mulher:

— Volto já!

— Sei o que isso quer dizer...

Ele fazia sinal ao comissário para que se apressasse, temendo sem dúvida uma mudança de ideia. Na escada também ele era grande demais, e como que combinava mal com o cenário.

O primeiro prédio à esquerda era um bar de motoristas.

— Só tem este no quarteirão.

Uma luz fosca em torno do balcão. Quatro jogadores de cartas no fundo.

— Ora vejam, o sr. James! — disse o dono do boteco, levantando-se. — O de sempre?

Já pegava a garrafa de conhaque.

— E para o senhor...

— A mesma coisa.

Acotovelado no bar, James indagava:

— O senhor foi à Taverne Royale?... Era o que eu pensava... Não pude ir.

— Por causa dos trezentos mil francos.

Ele não manifestou nenhuma surpresa, nenhum incômodo.

— O que teria feito em meu lugar? Basso é meu amigo. Já tomamos porres mil vezes juntos. À sua!

— Deixo-lhes a garrafa — disse o dono, que devia estar acostumado e que tinha pressa em continuar a partida de baralho.

E James continuava sem ouvir:

— No fundo, ele não teve sorte. Uma mulher como Mado! Por falar nela, o senhor tornou a vê-la? Ela veio ao meu trabalho há pouco tempo me perguntar se eu sabia onde estava Marcel. Pode imaginar? É como o outro, com seu carro. Um amigo também, no entanto. Pois bem, ele telefonou para me dizer que seria forçado a me pedir o custo do conserto e uma indenização pela indisponibilidade do carro... À sua! O que você acha da minha mulher? Amável, não é?

E James se servia uma segunda dose.

7. O brechó

Acontecia com James um fenômeno curioso, que interessou a Maigret. À medida que ele bebia, seu olhar, em vez de ficar turvo, como ocorre com a maioria das pessoas, se aguçava, chegava a ser afiado, de uma penetração, de uma sutileza inesperadas.

Sua mão não largava o copo, a não ser para tornar a enchê-lo. A voz era mole, hesitante, sem convicção. Não olhava para ninguém em particular. Parecia afundar-se na atmosfera, aconchegar-se nela.

Os jogadores de cartas trocavam apenas algumas palavras, no fundo da sala. O balcão de estanho lançava reflexos turvos.

E turvo estava James, que suspirava:

– Engraçado... Um homem como o senhor, forte, inteligente. E outros, em vários lugares! Gendarmes fardados. Juízes. Um monte de gente. Quantos mobilizados? Talvez cem, com os escrivães que copiam as autuações, as telefonistas que transmitem as ordens. Talvez cem trabalhando dias e noites porque Feinstein recebeu uma bala minúscula na pele.

Fixou o olhar em Maigret um instante e o comissário não

conseguiu adivinhar se James fazia uma ironia transcendente ou se estava sendo sincero.

— À sua! Vale bem a pena, não é? E, enquanto isso, o coitado do Basso é procurado. Semana passada, ele era rico. Tinha um negócio grande, um carro, uma mulher, um filho. Agora não pode nem sequer sair do seu esconderijo.

E James dava de ombros. Sua voz se tornava mais arrastada. Olhava à sua volta com lassidão ou desgosto.

— O que será que há no fundo disso tudo? Uma mulher como Mado, que necessita de homens. Basso se deixa seduzir por ela. A gente raramente repele ocasiões assim, não é? Ela é uma mulher bonita. De personalidade marcante. Você diz que isso não é muito grave. Marca um encontro e vai passar de vez em quando uma ou duas horas com ela numa garçonnière.

James tragou um gole grande, cuspiu no chão.

— Que coisa mais boba! Resultado: um morto e toda uma família arruinada. E toda a máquina social que se põe em movimento! Os jornais que falam do caso...

O mais curioso é que ele falava sem veemência. Deixava as palavras saírem preguiçosamente e seu olhar errava pela sala sem se deter em nenhum objeto.

— Trunfo de novo! — dizia o taberneiro às suas costas.

— E Feinstein que passou a vida toda correndo atrás de dinheiro, tentando enfrentar as datas de vencimento! Porque nunca fez outra coisa. Um pesadelo contínuo de promissórias e letras de câmbio. A ponto de se dirigir com uma insistência significativa aos amantes da mulher. Adiantou muito, agora que morreu.

— Que foi morto! — retificou sonhadoramente Maigret.

— Será que se pode determinar qual dos dois matou o outro?

A atmosfera se tornava mais carregada em torno deles. As palavras de James, seu rosto avermelhado acrescentavam uma espécie de surda morbidez.

– É uma besteira! Vejo muito bem o que aconteceu! Feinstein, que precisava de dinheiro, que espiava Basso desde a noite anterior esperando o momento propício... Mesmo durante o falso casamento, quando estava vestido de velha, ele pensava em suas promissórias. Olhava para Basso, que dançava com sua mulher. Entende? Então, no dia seguinte, ele fala. Basso, que já tinha sido aborrecido, recusa. O outro insiste. Choraminga... A miséria! A desonra! Melhor seria o suicídio. Garanto que deve ter sido uma comédia desse gênero! Tudo isso num lindo domingo, com os barcos no Sena.

"Ah, que coisa boba! Feinstein deve ter dado a entender que não era tão cego quanto parecia.

"Resumindo, estão os dois detrás do barracão. Do outro lado do rio, Basso tem sua casa, sua mulher, seu filho. Quer calar a boca do outro. Quer impedi-lo de atirar. Estão com os nervos à flor da pele.

"E só! Uma bala saiu de um revolverzinho de nada..."

James enfim encarou Maigret.

– Eu te pergunto, hein, que importância isso pode ter?

Ele ri. Um riso de desprezo.

– E eis centenas de pessoas correndo em todos os sentidos como formigas de um formigueiro em que se ateou fogo. E os Basso acossados. E o mais bonito: Mado, que se desdobra, que não se resigna a perder o amante. Chefe!

O dono do bar largou suas cartas a contragosto.

– Quanto lhe devo?

– Resumindo – diz Maigret –, Basso dispõe agora de trezentos mil francos.

James se contentou em dar de ombros com ar de quem diz novamente: "Que importância isso pode ter?".

E de repente:

– Olha! Eu me lembro como isso começou. Foi num domingo. A gente dançava no jardim da casa. Basso gostava de dançar com a sra. Feinstein e a certa altura alguém esbarrou neles, que caíram no chão, nos braços um do outro. Todo mundo riu, inclusive Feinstein.

James pegava o troco, hesitava em ir embora, suspirava resignado:

– Mais uma dose, chefe!

Havia tomado seis e não estava bêbado. Devia estar com a cabeça pesada apenas. Franzia o cenho, passava a mão na testa.

– O senhor vai voltar à caçada...

Parecia ter dó de Maigret.

– Três pobres coitados, um homem, uma mulher e um garoto, que todo mundo persegue porque um belo dia o homem foi para a cama com Mado...

Seria a sua voz, a sua silhueta, o ambiente? Em todo caso pouco a pouco se criava uma verdadeira obsessão, e Maigret tinha toda a dificuldade do mundo para voltar a enxergar os elementos de um novo ângulo.

– À sua! Preciso voltar para casa, porque minha mulher seria bem capaz de me meter uma bala também... É uma besteira! Uma besteira!

Abriu a porta com um gesto cansado. Na calçada mal iluminada, olhou nos olhos de Maigret e articulou:

– Ofício esquisito!

– O de policial?

– E o de homem também. Minha mulher vai revistar meus bolsos, contar os trocados para saber quantos copos tomei. Até logo. Taverne Royale amanhã?

E Maigret ficou a sós com seu mal-estar, que levou um bom tempo para se dissipar. Era uma defasagem completa de todas as ideias, uma inversão de todos os valores. A rua estava deformada com isso, e as pessoas que passavam, e o bonde que se espichava como um verme luzidio.

Tudo isso adquiria as proporções do formigueiro de que

James havia falado. Um formigueiro em efervescência porque uma formiga tinha morrido!

O comissário revia o corpo do camiseiro em meio ao capim, atrás da gafieira de dois tostões! Depois todos os gendarmes parando todos os carros em todas as estradas! O formigueiro em revolução!

— Maldito bêbado! — grunhiu, pensando em James com um rancor não desprovido de afeto.

E fazia um esforço para ver de novo os acontecimentos com objetividade. Havia esquecido o que viera fazer na Rue Championnet.

— Tentar saber aonde James foi com os trezentos mil francos...

Mas então evocava os três Basso, o pai, a mãe, o garoto, escondidos em algum lugar e espreitando apavorados os barulhos do mundo exterior.

— O imbecil me faz beber todas as vezes!

Não estava bêbado, tampouco se sentia bem, e se deitou de mau humor, com medo de acordar no dia seguinte tomado por uma sólida dor de cabeça.

— Eu tenho que ter o meu cantinho! — dizia James, falando da Taverne Royale.

Ele tinha não apenas seu cantinho, mas seu mundo, que criava com todas as peças, a goles de Pernod ou de conhaque, e no qual evoluía, impassível, indiferente às coisas reais.

Um mundo um pouco vago, uma efervescência de formigueiro, de sombras inconsistentes onde nada tinha importância, onde nada adiantava nada, onde se caminhava sem objetivo, sem esforço, sem alegria, sem tristeza, num nevoeiro algodoado.

Um mundo em que, sem parecer, James, com sua cara de palhaço e sua voz indiferente, havia feito Maigret penetrar pouco a pouco.

A tal ponto que o comissário sonhou com os três Basso, o pai, a mãe e o filho, que colavam a cabeça no respiradouro do porão onde estavam escondidos, espiando amedrontados as idas e vindas do lado de fora.

Quando se levantou, sentiu mais do que nunca a ausência da sua mulher, que continuava de férias e de quem o carteiro trouxe um cartão-postal.

Começamos a fazer as geleias de damasco. Quando vem comê-las?

Sentou-se pesadamente à sua escrivaninha, derrubando a pilha de cartas que o esperava, gritou "entre" para o contínuo que batia na porta.

– O que é, Jean?

– O sargento Lucas telefonou pedindo para o senhor passar pela Rue des Blancs-Manteaux.

– Qual o endereço?

– Ele não especificou. Disse Rue des Blancs-Manteaux.

Maigret certificou-se de que não havia nada de urgente na correspondência, foi a pé ao bairro judeu, de que a Rue des Blancs-Manteaux é a artéria mais comercial, agrupando a maioria dos brechós à sombra da Casa de Penhor.

Eram oito e meia da manhã. Tudo estava calmo. Na esquina, Maigret avistou Lucas que perambulava, mãos no bolso.

– E nosso homem? – inquietou-se.

Porque Lucas havia sido encarregado de seguir Victor Gaillard quando, na noite da véspera, este havia sido solto.

Com um movimento do queixo, o sargento designou uma silhueta de pé diante de uma vitrine.

– O que ele está fazendo ali?

– Sei lá. Ontem, começou a girar em torno de Les Halles.

Acabou se deitando num banco, onde adormeceu. Às cinco da manhã, um guarda civil o mandou dar o fora e ele veio para cá quase imediatamente. Desde então, gira em torno dessa casa, se afasta, volta, gruda o rosto na vitrine com a intenção evidente de despertar meu interesse por sua movimentação.

Victor, que havia percebido Maigret, dava alguns passos, mãos no bolso, assobiando com um ar irônico. Depois, avistou uma entrada na qual se sentou como homem que não tem nada melhor a fazer.

Na vitrine se lia: HANS GOLDBERG, COMPRA, VENDA, USADOS DE TODOS OS GÊNEROS.

E, no lusco-fusco, percebia-se um homenzinho de barbicha que parecia inquieto com os movimentos anormais lá fora.

– Espere aqui! – disse Maigret.

Atravessou a rua, entrou na loja, que estava abarrotada de roupas usadas, de objetos díspares de que se desprendia um cheiro enjoativo.

– Deseja comprar alguma coisa? – pergunta o homenzinho sem convicção.

No fundo da loja havia uma porta envidraçada e, atrás dela, um cômodo em que uma mulher obesa se dedicava a lavar o rosto de um menino de dois ou três anos. A bacia estava em cima da mesa da cozinha, ao lado das xícaras e da manteigueira.

– Polícia! – disse Maigret.

– Já desconfiava...

– O senhor conhece o indivíduo que perambula diante da sua loja desde hoje pela manhã?

– O magro alto que tosse? Nunca o vi. Agora há pouco, preocupado, chamei minha mulher, mas ela disse que também não o conhece. Não é um israelita.

– E este, o senhor conhece?

Maigret estendeu uma foto de Marcel Basso, que o outro examinou com atenção.

– Também não é israelita! – disse.

– E este?

Dessa vez, era um retrato de Feinstein.

– Sim!

– O senhor o conhece?

– Não! Mas é da minha raça.

– Nunca o viu?

– Nunca. Saímos tão pouco.

Sua mulher lançava olhares frequentes através dos vidros, tirava uma segunda criança de um berço e esta desandava a chorar porque a lavavam.

O dono do brechó parecia bastante seguro de si. Esfregava lentamente as mãos, esperando as perguntas do comissário, e olhava à sua volta com a satisfação do comerciante que não tem nada a se recriminar.

– Faz tempo que está instalado aqui?

– Pouco mais de cinco anos. A casa já é bem conhecida, porque só faz trabalho honesto.

– E antes do senhor? – indagou Maigret.

– O senhor não sabe? Era o velho Ulrich, aquele que desapareceu.

O comissário teve um suspiro de satisfação. Pressentia enfim alguma coisa.

– O velho Ulrich tinha um brechó?

– Na polícia, vocês devem ter mais informações do que eu. Não tenho nada de preciso a dizer. No bairro, dizia-se que ele não se contentava em comprar e vender, mas que também emprestava dinheiro.

– Era agiota?

– Não sei por quanto emprestava... Vivia sozinho. Não queria empregado. Abria e fechava ele mesmo a loja. Um dia, desapareceu e a loja ficou fechada por seis meses. Eu é que a comprei. Dei a ela outra reputação, vocês devem saber...

– Quer dizer que o senhor não conheceu o velho Ulrich?

– Eu não vivia em Paris na época. Quando comprei o negócio, eu vinha da Alsácia.

A criança continuava chorando na cozinha, e seu irmão, que havia aberto a porta, olhava sério para Maigret, chupando o dedo.

– Disse ao senhor tudo o que sabia. Acredite, se eu soubesse mais...

– Bom! Está bem...

E Maigret saiu, depois de um derradeiro olhar à sua volta, e encontrou o vagabundo sentado na mesma entrada.

– É aqui que você queria me trazer?

E Victor, com um ar falsamente inocente:

– Aonde?

– Que história é essa do velho Ulrich?

– Velho Ulrich?

– Não se faça de bobo!

– Não sei, juro.

– Foi ele que deu um mergulho no canal Saint-Martin?

– Não sei!

Maigret deu de ombros, se afastou, disse a Lucas de passagem:

– Continue a vigiá-lo, por via das dúvidas.

Meia hora depois, estava enfiado nuns velhos dossiês e acabava de encontrar o que buscava.

Resumiu numa folha de papel:

Jacob Éphraïm Lévy, dito Ulrich, sessenta e dois anos, originário da Alta Silésia, brechó na Rue des Blancs-Manteaux, suspeito de se dedicar regularmente à agiotagem.

Desaparece dia 20 de março, mas os vizinhos só registram sua ausência na polícia no dia 22.

Na casa, não é encontrado nenhum indício. Nada desapa-

receu. Uma soma de quarenta mil francos é descoberta em seu colchão.

Pelo que se pode presumir, ele saiu de casa na noite do dia 19, como lhe sucedia com frequência.

Faltam informações sobre a sua vida íntima. As investigações feitas em Paris e na província são infrutíferas. Escreve-se para a Alta Silésia e, um mês depois, uma irmã do desaparecido chega a Paris e pede para entrar em posse da herança. Somente seis meses depois obtém uma declaração de desaparecimento.

Ao meio-dia, Maigret, a cabeça pesada, acabava de se levantar, no comissariado de La Villette – o terceiro que visitava –, as indicações nos pesados registros. E transcrevia finalmente:

No dia 1º de julho, uns marinheiros retiraram do canal Saint--Martin, na altura da eclusa, um cadáver de homem em estado avançado de decomposição.

Transportado para o Instituto Médico-Legal, não pôde ser identificado.

Altura: 1,55m. Idade aparente: sessenta a sessenta e cinco anos.

As roupas foram em grande parte arrancadas pelo atrito no fundo e pelas hélices das embarcações. Nada foi encontrado nos bolsos.

Então Maigret deu um suspiro. Saiu afinal da atmosfera nebulosa e esquisita que James parecia prazerosamente criar em torno do caso.

Tinha elementos sólidos.

– Foi o velho Ulrich que assassinaram há seis anos e depois jogaram no canal Saint-Martin.

Por quê? Por quem?

Era o que ia procurar saber. Encheu um cachimbo, acendeu-o com uma lentidão voluptuosa, cumprimentou os colegas do comissariado de La Villette e saiu à calçada, sorridente, seguro de si, firme em suas pernas pesadas.

8. A amante de James

O contador entrou na sala de Maigret esfregando as mãos e lançando olhares.

– Está pronto!

– O que está pronto?

– Revi rapidamente a contabilidade da camisaria dos últimos sete anos. Era fácil. Feinstein não entendia nada do assunto e mandava vir uma ou duas vezes por semana um pequeno funcionário de um banco para escriturar seus livros. Algumas manobras para diminuir os impostos. Uma olhadela rápida é o suficiente para conhecer o negócio a fundo, um negócio que não seria pior que nenhum outro se não faltassem, na base, os capitais. Os vendedores pagos no dia 4 ou 10 do mês. As promissórias renovadas duas ou três vezes. Os saldos destinados a fazer entrar a qualquer custo dinheiro fresco no caixa. Enfim, Ulrich.

Maigret não disse nada. Sabia que era melhor deixar o homenzinho volúvel que andava de um lado para o outro na sala falar.

– A história clássica de sempre! É nos livros de sete anos

antes que vemos aparecer pela primeira vez o nome de Ulrich. Empréstimo de dois mil francos, um dia de prazo. Reembolsado uma semana depois. Na vez seguinte, empréstimo de cinco mil francos. Entende? O camiseiro encontrou um meio de arranjar dinheiro quando precisava. Se acostuma. Dos dois mil primitivos, passou a dezoito mil seis meses depois. E esses dezoito mil são pagos com vinte e cinco mil... O velho Ulrich é esganado. Devo acrescentar que Feinstein é honesto. Sempre paga. Mas de uma maneira um tanto especial. Por exemplo, paga quinze mil francos dia 15 e toma emprestado novamente dezessete mil no dia 2. Reembolsa-os no mês seguinte para tomar emprestados vinte e cinco mil logo depois. No mês de março, Feinstein deve trinta e dois mil a Ulrich.

– E paga?

– Pagar? A partir desse momento não tem mais vestígio de Ulrich nos livros. Havia para isso uma excelente razão: o velho Ulrich da Rue des Blancs-Manteaux estava morto! Logo, essa morte havia rendido a Feinstein a soma de trinta e dois mil francos!

– Quem substituiu Ulrich depois?

– Ninguém, por algum tempo. Um ano depois, Feinstein, novamente apertado, pediu crédito a um banco pequeno e obteve. Mas o banco se cansou.

– Basso?

– Encontrei seu nome nos últimos livros, não relacionado a empréstimos, mas a duplicatas frias.

– E a situação na data da morte de Feinstein?

– Nem melhor nem pior que de costume. Com uns vinte mil se livraria... até o vencimento seguinte! Em Paris, alguns milhares de comerciantes estão exatamente no mesmo caso e, durante anos, correm atrás da soma que sempre lhes falta, escapando por um triz da falência.

Maigret tinha se levantado, pegado o chapéu.

– Muito obrigado, sr. Fleuret.

– Devo aprofundar mais o parecer?

– Por ora, não.

Tudo corria bem. A investigação avançava com uma regularidade mecânica. E, consequentemente, em contraste, Maigret tinha um ar mais carrancudo, como se desconfiasse dessa facilidade.

– Notícias de Lucas? – foi perguntar ao contínuo.

– Telefonou faz pouco tempo. O homem que o senhor conhece foi ao Exército da Salvação e pediu uma cama. Desde então, está dormindo.

Tratava-se de Victor, que não tinha um tostão no bolso. Será que ele continuava esperando receber trinta mil francos em troca do nome do assassino do velho Ulrich?

Maigret foi a pé pelos cais do Sena. Passando por uma agência dos Correios hesitou, acabou entrando, preencheu um formulário telegráfico.

Chego provavelmente quinta PT Beijos em todos.

Era segunda-feira. Desde o início das férias ainda não conseguira encontrar com a sua mulher na Alsácia. Saiu enchendo um cachimbo. Pareceu hesitar novamente, chamou enfim um táxi a quem deu o endereço do Boulevard des Batignolles.

Tinha centenas de investigações em seu ativo. Sabia que quase todas se fazem em dois tempos, comportam duas fases diferentes.

Primeiro, a tomada de contato do policial com uma nova atmosfera, com pessoas das quais nunca ouvira falar, com um mundinho que um drama acaba de agitar.

Você entra nele como um estranho, um inimigo. Você se choca com seres hostis, astuciosos ou herméticos.

Por sinal, o período mais apaixonante aos olhos de Maigret.

Você fareja. Você tateia. Você não tem nenhum ponto de apoio, muitas vezes nenhum ponto de partida.

Você vê pessoas se agitarem, e cada uma pode ser a culpada ou um cúmplice. De repente, você pega uma ponta do fio e eis que o segundo período começa. A investigação está em curso. A engrenagem está em movimento. Cada passo, cada diligência traz uma nova revelação, e quase sempre o ritmo se acelera, para acabar numa revelação brutal.

O policial não é mais o único a agir. Os acontecimentos trabalham para ele, quase exteriormente a ele. Ele deve acompanhá-los, sem permitir que o deixem para trás.

Assim foi desde a descoberta de Ulrich. Ainda naquela manhã Maigret não tinha mesmo nenhuma indicação sobre a identidade da vítima do canal Saint-Martin. Agora, ele sabia que era um dublê de dono de brechó e agiota, a quem Feinstein devia dinheiro.

Era preciso seguir o fio. Quinze minutos depois, o comissário tocava a campainha do apartamento dos Feinstein, no quinto andar de um prédio do Boulevard des Batignolles. Uma criada, de cabelos desgrenhados, ar abobalhado, veio abrir, se perguntou se devia fazê-lo entrar ou não.

Mas no mesmo instante, no cabideiro do vestíbulo, Maigret percebia o chapéu de James.

Era o movimento para a frente que se precipitava, ou, ao contrário, havia um dente quebrado na engrenagem?

– A sra. Feinstein está?

Aproveitou a timidez da doméstica, que devia ser proveniente do campo, e entrou, dirigiu-se para uma porta atrás da qual se ouviam ruídos de voz, bateu e abriu imediatamente.

Já conhecia o apartamento, igual à maioria dos apartamentos de pequenos burgueses do bairro. Numa sala com um divã estreito, poltronas frágeis de pés dourados, avistou primeiro James, de pé à janela, olhar perdido na contemplação da rua.

A sra. Feinstein estava vestida para sair, toda de preto, um gracioso chapeuzinho de crepe na cabeça. Parecia extremamente animada.

No entanto, não manifestou nenhuma contrariedade ao ver Maigret, enquanto James voltava para este um rosto aborrecido, um pouco incomodado também.

– Entre, senhor comissário. Não está sendo inconveniente. Eu estava justamente dizendo a James que é uma tolice...

– Ah!

Aquilo recendia a briga de casal. James murmurou sem convicção, sem esperança:

– Ora, Mado...

– Não! Cale a boca! Estou falando com o comissário.

Então, resignado, o inglês olhou de novo para a rua, onde só devia ver a cabeça dos passantes.

– Se o senhor fosse um policial comum, senhor comissário, eu não lhe falaria como faço. Mas o senhor foi nosso convidado em Morsang. E vê-se que o senhor é um homem capaz de compreender.

E ela, uma mulher capaz de falar horas a fio. Capaz de tomar todo mundo como testemunha! Capaz de reduzir o mais falastrão ao silêncio!

Ela não era nem linda nem bonitinha. Mas era apetitosa, principalmente em seus trajes de luto, que, em vez de lhe darem um aspecto triste, a tornavam mais picante. Uma mulher carnuda, viva, que devia ser uma amante turbulenta. Era violento o contraste com James e seu rosto entediado, seu olhar sempre um tanto vago, sua silhueta fleumática.

– Todo mundo sabe que sou amante de Basso, não é? Não me envergonho! Nunca escondi. E em Morsang ninguém nunca me reprovou por isso. Se meu marido tivesse sido um outro homem...

Ela mal tomava fôlego.

– Quando a gente não é capaz de enfrentar nossos problemas... Veja o pardieiro em que me fazia viver! E note que nunca estava aqui. Ou, quando estava, de noite, depois do jantar, era para me falar de suas preocupações financeiras, da camisaria, dos empregados, sei lá mais o quê! Pois bem, eu afirmo que quando um homem não é capaz de fazer uma mulher feliz, não há nada a lhe recriminar depois...

"Aliás, Marcel e eu devíamos nos casar um dia ou outro... O senhor não sabia? Claro, a gente não espalhava isso aos quatro ventos. O que ainda o detinha era seu filho. Ele teria se divorciado. Eu teria feito a mesma coisa e...

"Viu a sra. Basso? Não é a mulher a qual um homem como Marcel precisa..."

Em seu canto, James suspirava e fixava os olhos agora no tapete floral.

– Pode me dizer qual é o meu dever? Marcel é infeliz! É procurado! Tem de fugir para o exterior. E meu lugar não seria ao lado dele? Diga! Fale com franqueza...

– Ahn, ahn! – Maigret se contentou em grunhir, sem se comprometer.

– Está vendo? Está vendo, James? O comissário é da minha opinião... Danem-se os outros e os disse me disse... Pois bem, comissário, James se recusa a me dizer onde está Marcel... Ora, ele sabe, tenho certeza. Ele nem ousa negar.

Se Maigret já não houvesse visto algumas mulheres daquela categoria na vida, sem dúvida teria se sentido sufocar. Mas a inconsciência não o espantava mais.

Fazia menos de duas semanas que Feinstein havia sido assassinado, por Basso, pelo que se podia supor.

E ali, no lúgubre apartamento em que havia na parede o retrato do camiseiro e sua piteira num cinzeiro, sua mulher falava do seu dever!

O rosto de James era de uma eloquência incrível. E não só seu rosto! Seus ombros! Sua atitude! Suas costas arredondadas. Tudo isso significava: "Que mulher!".

Ela se voltou para ele.

– Você está vendo que o comissário...

– O comissário não disse absolutamente nada.

– Ah! Você me enoja! Você não é homem! Tem medo de tudo! Se eu dissesse por que você veio aqui hoje...

Aquilo era tão inesperado que James primeiro ergueu a cabeça, todo vermelho. E havia enrubescido como uma criança. O rosto tinha se avermelhado de repente, as orelhas ficaram cor de sangue.

Quis dizer alguma coisa. Não conseguiu. Procurou se recompor e conseguiu enfim emitir uma risadinha lamentável.

– Agora, quer dizer já...

Maigret observou a mulher. Ela estava um pouco incomodada com a frase que lhe havia escapado.

– Eu não quis...

– Não! Você nunca quer nada. E no entanto...

A sala parecia menor, mais íntima. Mado encolhia os ombros com ar de quem diz: "E quer saber, azar o seu!".

– Me desculpem! – interveio então o comissário, cujos olhos riam, dirigindo-se a James. – Faz muito tempo que se tratam por "você"? Me parecia que em Morsang...

Ele penava para continuar sério, tamanho o contraste entre o James que ele conhecia e o que tinha à sua frente. Este parecia um colegial tímido, surpreendido ao fazer algo errado.

Em casa, no apartamento conjugado onde sua mulher fazia crochê, James mantinha certa pose, enrustido em seu isolamento.

Agora, ele estava quase gaguejando.

– Ah! O senhor já entendeu, não é? Eu também fui amante de Mado...

– Ainda bem que não durou muito! – ela caçoou.

E ele ficou perturbado com a réplica. Seu olhar buscou socorro em Maigret.

– Foi só... Faz tempo... Minha mulher não desconfia de nada...

– E ela te diz tudo o que pensa!

– ... Pelo que conheço dela, ia me recriminar o resto da nossa vida... Então vim pedir a Mado que, se lhe fizessem perguntas, não dissesse...

– E ela prometeu?

– Contanto que eu lhe desse o endereço atual de Basso. O senhor pode imaginar? Ele está com a mulher e o filho. Na certa já atravessou a fronteira...

O tom desta última frase foi menos firme, provando que James mentia propositadamente.

Maigret estava sentado numa pequena poltrona que estalava com seu peso.

– Foram amantes por muito tempo? – perguntou com um ar bonachão.

– Demais! – soltou a sra. Feinstein.

– Não muito. Alguns meses... – suspirou James.

– E se encontravam num hotel como o da Avenue Niel?

– Não! James havia alugado uma garçonnière em Passy!

– Iam todo domingo a Morsang?

– Sim.

– E Basso também?

– Sim. A turma é a mesma faz sete ou oito anos, com algumas exceções.

– E Basso sabia que vocês eram amantes?

– Sabia. Ele ainda não estava apaixonado por mim. Só ficou há um ano.

Maigret tinha, sem querer, um ar de intenso contentamento. Observava o apartamentinho a seu redor, com todos os bibelôs inúteis e mais ou menos horrorosos. Lembrava-se do conjugado de James, mais pretensioso, mais moderno com suas divisórias de compensado parecendo feitas para bonecas.

Morsang, enfim, o Vieux Garçon, as canoas, os barcos a vela e as rodadas de bebida no terraço sombreado, num cenário de candura irreal. Fazia sete ou oito anos, todos os domingos, as mesmas pessoas tomavam o aperitivo na mesma hora, jogavam bridge de tarde, dançavam ao som do fonógrafo.

Mas no início era James que entrava no parque em companhia de Mado. Era sem dúvida ele que Feinstein espiava com um ar sarcástico, ele também que a encontrava durante a semana em Paris.

Todo mundo sabia, fechava os olhos, ajudava ocasionalmente os amantes.

Inclusive Basso, que um belo dia se apaixonou e sucedeu ao outro.

Com isso, a situação no apartamento se tornava muito mais saborosa, e a lamentável atitude de James, e a segurança de Mado!

Foi a esta que Maigret se dirigiu.

– Faz quanto tempo que não é mais amante de James?

– Deixe ver... Cinco... Não... Mais ou menos seis anos.

– Como terminou? Foi ele ou a senhora que...?

James quis falar, mas ela lhe cortou a palavra.

– Os dois. Percebemos que não fomos feitos um para o outro. Apesar de seus modos, James tem um caráter de pequeno-burguês maníaco, talvez ainda mais burguês do que meu marido.

– E continuaram bons amigos?

– Por que não? Não é porque a gente não se ama mais que tem de...

– Uma pergunta, James! Nessa época, por acaso emprestou dinheiro a Feinstein?

– Eu?

Mas foi Mado quem respondeu:

– O que o senhor quer dizer? Emprestar dinheiro a meu marido? Por quê?

– Nada. Uma ideia que me passou pela cabeça... Mas Basso emprestou...

– Não é a mesma coisa! Basso é rico! Meu marido tinha dificuldades momentâneas. Falava em partir para os Estados Unidos comigo. Então, para evitar as complicações, Basso...

– Entendo! Entendo! Mas, por exemplo, seu marido poderia falar de ir embora para os Estados Unidos há seis anos, quando...

– O que o senhor pretende insinuar?

Ela estava quase se indignando. E, perante a ideia de uma cena de virtude ultrajada, Maigret preferiu desviar a conversa.

– Desculpe. Estou pensando em voz alta. Acredite que não quero insinuar absolutamente nada. James e a senhora eram livres. É o que me dizia um amigo do seu marido, Ulrich.

Olhos semicerrados, observava os dois. A sra. Feinstein olhou surpresa para Maigret.

– Um amigo do meu marido?

– Ou uma relação de negócios.

– Deve ser isso, porque nunca ouvi esse nome. O que ele lhe dizia?

– Nada. Falávamos dos homens e das mulheres em geral.

E James olhava para o comissário com certo espanto, como se farejasse alguma coisa, tentasse adivinhar aonde seu interlocutor queria chegar.

– Em todo caso, ele sabe onde está Marcel e se recusa a me dizer! – falou a sra. Feinstein, se levantando. – Mas eu mesma vou encontrá-lo. Aliás, tenho certeza de que vai me escrever pedindo para encontrar com ele. Não pode viver sem mim.

James arriscou uma olhadela a Maigret, uma olhadela irônica, decerto, mas principalmente lúgubre. Podia ser traduzida por: "Imagine se ele vai lhe escrever, para ela grudar de novo nele! Uma mulher como ela...".

E ela o interpelava:

– É sua última palavra, James? É esse o seu reconhecimento por tudo o que fiz por você?

– Fez muito por ele? – questionou-a Maigret.

– Ora... ele foi meu primeiro amante! Antes dele, eu nem imaginava que poderia enganar meu marido. Note que, desde então, ele mudou. Ainda não bebia. Se cuidava. Tinha cabelo.

E o fiel da balança continuava assim a oscilar entre o trágico e o bufo. Era preciso fazer um esforço para lembrar que Ulrich tinha morrido, que alguém o havia levado até o canal Saint-Martin, que seis anos depois, atrás do barracão da gafieira de dois tostões, Feinstein havia sido morto com uma bala e que Basso, com toda a sua família, estava fugindo, perseguido pela polícia.

– O senhor acha que ele pode ter atravessado a fronteira, comissário?

– Não sei. Eu...

– Se preciso... o senhor o ajudaria, não é? O senhor foi recebido na casa dele também. Pôde avaliá-lo...

– Tenho de ir para o escritório! Já estou atrasado! – disse James, procurando seu chapéu em todas as cadeiras.

– Saio com o senhor – Maigret se apressou em dizer.

Porque não queria ficar cara a cara com a sra. Feinstein.

– Está com pressa?

– É que tenho o que fazer... Mas vou voltar.

– O senhor vai ver que Marcel saberá mostrar seu reconhecimento pelo que o senhor fizer por ele.

Ela estava orgulhosa com a sua diplomacia. Via muito bem Maigret conduzindo Basso até a fronteira e recebendo com gratidão algumas notas de mil francos em troca da sua complacência.

Aliás, quando ele lhe estendeu a mão, ela a apertou demoradamente, de uma maneira que queria ser significativa. E, apontando para James, murmurou:

– Não se pode ficar muito zangado com ele. Depois que bebe...

Os dois homens desciam o Boulevard des Batignolles sem dizer uma palavra. James, andando a passos largos, olhava para o chão à sua frente. Maigret fumava seu cachimbo a pequenas baforadas gulosas e parecia saborear o espetáculo da rua.

Somente na esquina do Boulevard Malesherbes o comissário indagou, como se não desse muita importância:

– É verdade que Feinstein nunca lhe pediu dinheiro?

James deu de ombros.

– Ele sabia que eu não tinha!

– O senhor já estava no banco da Place Vendôme?

– Não! Eu era tradutor numa empresa americana de derivados de petróleo, no Boulevard Haussmann. Não chegava a ganhar mil francos por mês.

– Tinha carro?

– Pegava metrô, isso sim! Como ainda pego, aliás...

– Já tinha seu apartamento?

– Nem isso! Morávamos numa pensão da Rue de Turenne.

Ele estava cansado. Havia como que um toque de desagrado na expressão do seu rosto.

– Vamos tomar alguma coisa?

E, sem esperar a resposta, entrou no bar da esquina, pediu duas *fines à l'eau*.

– Para mim tanto faz, entende? Mas não precisa incomodar minha mulher. Ela já tem problemas o suficiente.

– Ela não está bem?

Mais uma vez, deu de ombros.

– Se o senhor acha que a vida dela é divertida... Exceto aos domingos, em Morsang, quando se distrai um pouco...

E, sem transição, depois de ter jogado uma nota de dez francos no balcão:

– Vem esta noite à Taverne Royale?

– É possível.

No momento de apertar a mão de Maigret, hesitou, acabou por murmurar olhando para o outro lado:

– E Basso... Descobriram alguma coisa?

– Segredo profissional – replicou Maigret com um sorriso bonachão. – Gosta muito dele?

Mas James já ia embora, carrancudo, pulava na plataforma de um ônibus em movimento em direção à Place Vendôme.

Maigret permaneceu pelo menos cinco minutos imóvel, fumando na beira da calçada.

9. Vinte e dois francos de presunto

No Quai des Orfèvres, procuravam Maigret em toda parte, porque a gendarmaria de La Ferté-Alais acabava de telegrafar:

Família Basso encontrada, aguardamos instruções.

Era um belo caso de trabalho científico ajudado pelo acaso.

Trabalho científico, primeiro: o exame que Maigret havia ordenado do carro abandonado por James em Montlhéry, exame que havia circunscrito a busca a um pequeno setor tendo La Ferté-Alais como centro.

Aqui, o acaso intervinha, em circunstâncias picantes. Em vão os gendarmes haviam revistado os albergues e observado os passantes. Em vão tinham interrogado mais de uma centena de habitantes.

Ora, naquele dia, no momento em que o sargento Piquart foi para casa almoçar, sua mulher, que amamentava um bebê, lhe disse:

– Você devia buscar umas cebolas na mercearia. Esqueci de comprar.

Uma lojinha de cidade pequena, na praça do mercado. Havia nela quatro ou cinco comadres. O gendarme, que não gostava daquele gênero de missão, se mantinha perto da porta, com ar descontraído. Ao servir uma senhora de idade, conhecida pelo nome de velha Mathilde, ele ouviu a vendedora dizer:

– De uns dias pra cá, a senhora vem se tratando bem! Vinte e dois francos de presunto! E vai comer tanto assim sozinha?

Automaticamente, Piquart olhou para a velha, cuja pobreza era evidente. E, enquanto a vendedora cortava o presunto, sua cabeça trabalhou. Mesmo na casa deles, onde eram três, nunca se comprava vinte e dois francos de presunto.

Saiu atrás da mulher. Ela morava no fim da cidade, na estrada de Ballancourt, uma casinha cercada por um quintalzinho em que as galinhas ciscavam. Deixou-a entrar em casa. Depois bateu e foi entrando.

A sra. Basso, com um avental na cintura, estava no fogão. Num canto, numa cadeira de palha, Basso lia o jornal que acabavam de lhe trazer, e o menino, sentado no chão, brincava com um cachorrinho.

Haviam telefonado para a residência de Maigret, no Boulevard Richard-Lenoir, depois para diversos lugares em que ele poderia estar. Não pensaram em se dirigir à firma Basso, no Quai d'Austerlitz.

E, no entanto, foi para lá que tinha ido ao se despedir de James. Estava de bom humor. Cachimbo nos dentes, mãos no bolso, gracejava com os empregados, que, na ausência de instruções, continuavam o trabalho como antes. E nos canteiros carregavam e descarregavam o carvão trazido todos os dias pelas barcaças.

O escritório não era moderno. Também não estava velho, e bastava examinar a disposição dos locais para se dar conta da atmosfera em que se vivia ali.

Não havia sala particular para o patrão. Seu lugar era a um canto, perto da janela. Em frente a ele, ficava o contador, e sua datilógrafa estava sentada numa mesa próxima.

Pouca hierarquia, era evidente. Ninguém devia ter dificuldade para conversar, e os funcionários trabalhavam de cachimbo ou cigarro na boca.

– Um caderno de endereços? – havia respondido o contador à pergunta do comissário. – Claro, temos um, mas só contém os endereços de nossos clientes, por ordem alfabética. Se quiser vê-lo...

Maigret, por via das dúvidas, deu uma olhada na letra U, mas, como já previa, não havia o nome de Ulrich.

– Tem certeza de que o sr. Basso não tinha um caderninho pessoal? Espere aí! Quem estava aqui quando o filho dele nasceu?

– Eu! – respondeu a datilógrafa, não sem uma ponta de incômodo, porque tinha trinta e cinco anos e queria dar a impressão de vinte e cinco.

– Bom! O sr. Basso deve ter mandado participações.

– Fui eu que me encarreguei.

– Então lhe deu uma lista dos amigos.

– Sim, uma caderneta! – disse ela. – Tem razão! Eu mesma guardei depois na pasta pessoal.

– E onde está essa pasta?

Ela hesitou, olhou para os colegas pedindo-lhes conselho. O contador respondeu com um gesto que significava: "Acho que não tem outro jeito...".

– Está na casa dele – disse ela então. – Queira me acompanhar.

Atravessaram os canteiros. No térreo da casa, mobiliada com simplicidade, havia um escritório que nunca devia ser usado e que, aliás, era chamado de biblioteca.

Biblioteca de gente para quem a leitura não passa de uma distração de segundo plano.

Biblioteca de família também, onde vêm se amontoar coisas inesperadas. Por exemplo, ainda havia nas prateleiras de baixo os prêmios ganhados por Basso quando estava no colégio.

Depois toda uma coleção encadernada do *Magazine des Familles* de cinquenta anos atrás.

Livros para moças, que a sra. Basso deve ter trazido na época de seu casamento. E romances de capa amarela, comprados com fé na publicidade da imprensa.

Enfim, livros ilustrados, mais novos, pertencentes ao menino, brinquedos instalados nas prateleiras livres.

A secretária abriu as gavetas da escrivaninha e Maigret apontou para um grande envelope amarelo, que estava fechado.

– O que é?

– As cartas do senhor à senhora quando eram noivos.

– Achou a caderneta?

Achou-a no fundo de uma gaveta onde havia uma dezena de cachimbos velhos. A caderneta tinha pelo menos quinze anos. Nela, só se encontrava a letra de Basso, mas essa letra havia mudado com o tempo, assim como a intensidade da tinta.

Era mais ou menos como as camadas de algas à beira-mar, que revelam por seu grau de secura a maré que as trouxe.

Havia endereços que estavam ali fazia quinze anos, sem dúvida endereços de colegas esquecidos. Alguns estavam riscados, talvez por causa de uma briga ou de um falecimento. Havia endereços de mulheres. Um era característico:

Lola, Bar des Églantiers, 18, Rue Montaigne.

Mas um risco de lápis azul havia suprimido Lola da vida de Basso.

– Encontrou o que procurava? – perguntou a secretária.

Estava encontrando, sim! Um endereço vergonhoso, pois o

negociante de carvão não havia ousado escrever o nome por extenso.

Ul. 13 bis, Rue des Blancs-Manteaux.

A tinta pertencia à camada dos endereços antigos, a escrita também. E, como alguns outros, havia recebido um bom risco de lápis azul, que, no entanto, não impedia de lê-lo.

– Pode me dizer em que época essas palavras foram escritas?

A secretária se inclinou, replicou:

– Ainda é da época em que o sr. Basso era jovem e em que seu pai estava vivo.

– Como sabe?

– Porque é a mesma tinta do endereço da mulher da outra página. E ele me disse um dia que era uma aventura de juventude...

Maigret fechou a caderneta, enfiou-a no bolso, enquanto a secretária lhe lançava um olhar de repreensão.

– Acha que ele vai voltar? – indagou ela depois de um momento de hesitação.

O comissário respondeu com um gesto evasivo.

Quando chegou ao Quai des Orfèvres, Jean, o contínuo, correu em sua direção.

– Faz duas horas que estão à sua procura! Encontraram os Basso!

– Ah!

Ele suspirava sem entusiasmo, até contrariado, parecia.

– Lucas não telefonou?

– Ele telefona a cada três ou quatro horas. O homem continua no Exército da Salvação. Como quiseram pô-lo no olho da rua depois de lhe darem de comer, ele se ofereceu para varrer as dependências.

– O inspetor Janvier está?

– Acho que acaba de voltar.

Maigret foi encontrar Janvier em sua sala.

– Uma missão bem chata, como você gosta, velho. É preciso tentar encontrar uma certa Lola que, há uns dez ou quinze anos, recebia sua correspondência no Bar des Églantiers, na Rue Montaigne.

– E de lá pra cá?

– Pode ser que tenha morrido num hospital. Pode ter se casado com um lorde inglês. Vire-se.

No trem que o conduzia a La Ferté-Alais, consultou a caderneta de endereços, às vezes com um sorriso enternecido, porque havia certas menções que bastavam para evocar toda a juventude de um homem.

O tenente de gendarmaria estava na estação. Levou pessoalmente o comissário à casa da velha Mathilde, e no quintalzinho Maigret avistou Piquart, que montava guarda com seriedade.

– Nós nos asseguramos de que não há meio de escapar pelos fundos – explicou o tenente. – E é tão pequeno lá dentro que meu homem de guarda ficou do lado de fora. Entro com o senhor?

– Talvez seja melhor não.

Maigret bateu na porta, que logo se abriu. Era tarde. Lá fora ainda estava claro, mas a janela era tão estreita que no casebre só se viam sombras se mexendo.

Basso, a cavalo numa cadeira, na pose de um homem que espera há longas horas, se levantou. Sua mulher, que não estava à vista, devia permanecer no cômodo ao lado, com o menino.

– Pode acender? – disse Maigret à velha.

– Primeiro vou ver se tenho querosene.

Tinha! O vidro do lampião estalou, a mecha fumegou, coroou-se com uma chama amarelada que iluminou pouco a pouco todos os cantos com seus raios.

Fazia um calorão. E o ambiente recendia a pobreza, ao mesmo tempo recendia a campo.

– Pode sentar – disse Maigret a Basso. – E a senhora, minha velhinha, vá para o cômodo ao lado.

– E minha sopa?

– Saia! Eu cuido dela.

Ela saiu resmungando, fechou a porta, ficou falando em voz baixa no cômodo contíguo.

– Só tem estes dois cômodos? – perguntou então o comissário.

– Sim. Ali é o quarto.

– Vocês três dormiram lá?

– As duas mulheres e meu filho. Eu me deitei aqui, na palha.

Ainda havia alguns ramos de palha entre os ladrilhos desiguais. Basso estava bastante calmo, mas uma calma que sucedia a vários dias de agitação. Parecia que sua detenção o havia aliviado, e aliás ele se apressou a declarar isso.

– Eu ia me entregar!

Ele devia contar com a surpresa de Maigret, mas não houve surpresa alguma. O comissário nem deu bola para a palavra. Examinava seu interlocutor da cabeça aos pés.

– Não é um terno de James?

Um terno cinza, apertado demais. Ora, Basso tinha ombros largos, um tronco tão forte quanto o de Maigret. Poucas coisas podem diminuir o aspecto de um ser na flor da idade como uma roupa apertada.

– Já que o senhor sabe...

– Sei muitas outras coisas... Mas... Tem certeza de que aquela sopa tem de continuar fervendo?

Desprendia-se da panela um vapor insuportável e a tampa

não parava de dançar. Maigret tirou a sopa do fogo, foi iluminado por um instante pelas chamas avermelhadas.

– O senhor conhecia a velha Mathilde?

– Eu ia lhe falar disso e lhe pedir que, se possível, ela não seja incomodada por minha causa. É uma ex-empregada de meus pais. Me conhece desde pequeno. Quando cheguei à casa dela para me esconder, não teve coragem de recusar...

– Claro! E cometeu a gafe de ir comprar vinte e dois francos de presunto.

Basso havia emagrecido consideravelmente. É verdade que estava com barba de quatro ou cinco dias, o que o deixava com cara fúnebre.

– Suponho também – suspirou – que minha mulher não tenha nada a ver com a Justiça.

Levantou-se, desajeitado, embaraçado, como um homem que busca uma postura antes de abordar um tema grave.

– Cometi o erro de fugir, de ficar muito tempo escondido. E isso já indica que não sou um criminoso. Entende? Eu estava apavorado. Vi toda a minha existência destruída por causa desse acontecimento estúpido. Minha ideia era ir para o exterior, mandar vir minha mulher e meu filho, recomeçar a vida...

– E encarregou James de trazer sua mulher aqui, de ir retirar para o senhor trezentos mil francos no banco e lhe trazer alguma roupa.

– É claro!

– Só que sentiu que estava sendo perseguido.

– Foi a velha Mathilde que me disse que tropeçava com gendarmes em cada cruzamento.

Continuava-se ouvindo barulho, ao lado. O menino não devia parar quieto. Talvez a sra. Basso escutasse atrás da porta, porque de vez em quando fazia "Psiu! Psiu!", porque o filho a impedia de ouvir.

– Hoje imaginei a única solução possível: me entregar. Mas

está escrito que sempre toparei com a fatalidade! O gendarme apareceu...

– O senhor não matou Feinstein?

Basso olhou nos olhos de Maigret, com ardor.

– Eu o matei! – articulou em voz baixa. – Seria loucura, não é?, afirmar o contrário. Mas juro por meu filho que vou lhe contar toda a verdade.

– Um instante.

E agora Maigret é que se levantou. Estavam ali, dois homens mais ou menos do mesmo tamanho, sob um teto baixo, num cômodo pequeno demais para eles.

– O senhor amava Mado?

Uma careta cheia de rancor levantou os lábios de Basso.

– O senhor, um homem, não compreendeu? Faz seis ou sete anos que a conheço, talvez mais. Nunca havia pensado nela. Certo dia, faz um ano, não sei o que aconteceu... Olhe, foi numa festa como a que o senhor presenciou. A gente bebia. Dançava. Eu a beijei. Depois, no fundo do jardim...

– E depois?

Ele deu de ombros com tédio.

– Ela levou a coisa a sério. Me jurou que sempre me amara, que não podia mais viver sem mim! Não sou santo. Confesso que comecei! Mas não queria ter um relacionamento desse tipo, nem, principalmente, comprometer o meu casamento.

– Faz, portanto, um ano que o senhor vê a sra. Feinstein duas ou três vezes por semana, em Paris.

– E ela me telefona todos os dias! Recomendei-lhe em vão a prudência. Ela inventava pretextos ridículos. Eu vivia com a certeza de que um dia ou outro tudo seria descoberto. O senhor não pode imaginar! Se pelo menos ela não tivesse sido sincera! Mas não! Acho que ela me amava de verdade.

– E Feinstein?

Basso levantou vivamente a cabeça.

– Sim! – grunhiu. – É por isso que eu nem sequer imaginava a possibilidade de me defender num tribunal. Há limites para os compromissos. Há limites também para a compreensão do público. O senhor pode me ver, a mim, amante de Mado, acusando seu marido de...

– ... tê-lo chantageado!

– Não tenho provas. Não é isso, ao mesmo tempo é! Ele nunca disse abertamente que sabia de alguma coisa! Nunca me ameaçou de uma maneira categórica! Lembra-se dele? Um pequeno personagem, aparentemente amável e inofensivo. Um sujeito franzino, sempre arrumado, sempre educado, educado demais, com um sorriso um pouco triste... Da primeira vez ele veio me mostrar um título protestado e me suplicou que lhe emprestasse dinheiro, me oferecendo um monte de garantias. Caí nessa. Teria caído inclusive sem a história de Mado.

“Só que ele se acostumou. Compreendi que era um plano sistemático. Tentei recusar. E foi então que a chantagem começou.

“Ele me fez de confidente. Afirmava que o único consolo de sua vida era sua mulher. Era por ela que se enforcava, fazendo gastos superiores a seus meios etc.

“E preferia se matar a ter de lhe recusar alguma coisa. E o que seria dela, em caso de uma catástrofe?

“Pode imaginar uma coisa assim? Como de propósito, ele aparecia quase sempre depois de eu me despedir de Mado. Eu temia vê-lo reconhecer o perfume de sua mulher ainda impregnado em minha roupa...

“Um dia, ele tirou um cabelo de mulher – a mulher dele – que havia ficado na gola do meu sobretudo...

“Não era do gênero ameaçador. Era do gênero gemedor...

“O que é pior! A gente se defende das ameaças. Mas o que fazer contra um homem que chora? Porque aconteceu de ele chorar no meu escritório. E que conversa!

"– O senhor é jovem, é forte, é bonitão, é rico. Com tudo isso, não é difícil ser amado. Mas eu que...

"Fiquei doente de asco. E, no entanto, era impossível eu ter a certeza de que ele sabia...

"No domingo que o senhor sabe, ele já tinha me falado, pouco antes do bridge, de uma soma de cinquenta mil francos de que necessitava...

"Era dinheiro demais... Eu não queria topar. Estava por aqui. Então disse não, secamente! E ameacei-o de não o ver mais se ele continuasse a me assediar assim...

"Daí o drama. Um drama tão feio, tão estúpido que todo o resto... O senhor se lembra? Ele deu um jeito de atravessar o Sena ao mesmo tempo que eu. Tinha me arrastado para trás da gafieira.

"Aí, ele tirou bruscamente um pequeno revólver do bolso e, apontando-o para si mesmo, articulou:

"– É a isto que o senhor me condena. Só lhe peço um favor: cuide da Mado!"

E Basso passava a mão na testa para expulsar essa ignóbil lembrança.

– Parecia uma fatalidade. Naquele dia eu estava feliz. Talvez o sol... Aproximei-me dele para pegar a arma.

"– Não, não! – ele gritou. – É tarde demais. O senhor me condenou..."

– É claro que ele estava decidido a não disparar! – grunhiu Maigret.

– Estou convencido disso. E é aí que está o trágico do caso. Naquele momento, eu me afobei. Se eu o tivesse deixado atirar, não teria havido drama. Ele teria atirado com novas lágrimas ou uma pirueta. Mas não! Fui ingênuo, como fui com Mado, como sempre fui...

"Quis lhe tomar o revólver. Ele recuou. Eu o persegui. Agarrei seu pulso. E o que não devia acontecer, aconteceu. O tiro foi disparado. Feinstein caiu sem dizer uma palavra, sem um gemido, de uma só vez.

"Mas, quando eu contar isso aos jurados, eles não vão acreditar em mim, ou serão mais severos ainda comigo.

"Eu sou o homem que matou o marido da amante e que, ainda por cima, o acusa!"

Ele se animava.

– Quis fugir. Fugi. E também quis contar tudo para a minha mulher, perguntar se, apesar de tudo, ela ainda se considerava ligada a mim. Vagueei por Paris, onde tentei encontrar James.

"Ele é um amigo, sem dúvida o único amigo de toda a turma de Morsang.

"O resto o senhor sabe. Minha mulher também. Preferi fugir para o exterior e evitar o processo que se prepara e que será penoso para todo mundo. Os trezentos mil francos estão aqui. Com isso e com a minha energia, sou capaz de refazer minha vida na Itália, por exemplo, ou no Egito.

"Mas... será que o senhor acredita em mim?"

Ele se perturbava de repente. Essa dúvida aflorava somente agora, a tal ponto estava envolvido por sua história.

– Acho que o senhor matou Feinstein sem querer! – respondeu Maigret, devagar, destacando todas as sílabas.

– Ainda bem...

– Espere! O que eu queria saber é se Feinstein não tinha um trunfo mais forte em seu jogo, além da infidelidade da mulher. Em poucas palavras...

Interrompeu-se, tirou do bolso o caderninho de endereços, que abriu na letra *U*.

– Em poucas palavras, ia dizendo, queria saber quem matou, há seis anos, um certo Ulrich, dono de um brechó na Rue des Blancs-Manteaux, e que depois jogou seu cadáver no canal Saint-Martin.

Teve de fazer um esforço para ir até o fim, a tal ponto a

transformação, em seu interlocutor, era brutal. Tão brutal que Basso quase perdia o equilíbrio, queria se apoiar em alguma coisa, punha a mão no fogão e a retirava grunhindo:

– Minha nossa!

Seus olhos arregalados fitavam Maigret com pavor. Ele recuou, recuou, topou com a cadeira e caiu sentado, como que sem força, sem reação, repetindo sem pensar:

– Minha nossa!

A porta se abria, febrilmente escancarada. E a sra. Basso se precipitava no cômodo gritando:

– Marcel! Marcel! Não é verdade, é? Diga que não é verdade!

Ele olhava para ela sem entender, sem nada ver talvez e, de repente, rouquejando, agarrava a cabeça com as mãos e irrompia em soluços.

– Papai! Papai! – gritava o menino, que acudia e completava a confusão.

Basso não ouvia nada, repelia o filho, repelia a mulher. Arrasado, era incapaz de conter as lágrimas. Estava todo curvado na cadeira, todo encolhido. Seus ombros se levantavam e tornavam a cair, num ritmo poderoso.

O menino também chorava. A sra. Basso mordia os lábios, lançando a Maigret um olhar de ódio.

E a velha Mathilde, que não ousava entrar, mas que havia assistido ao fim da cena, graças à porta aberta, também chorava, no quarto de dormir, como choram as velhas, em pequenos soluços regulares, enxugando os olhos com o canto do seu avental xadrez.

Apesar disso, com passinhos ligeiros, chorando, fungando, acabou vindo pôr a sopa de volta no fogo, que ela avivou com o atiçador.

10. A ausência do comissário Maigret

Essas cenas não duram, sem dúvida porque a resistência nervosa tem limites. Atingido o paroxismo, vem de repente a calmaria absoluta, sem transição, uma calmaria que confina com o torpor, assim como a febre precedente confinava com a loucura.

Era como então se você tivesse vergonha do seu frenesi, das suas lágrimas, das palavras pronunciadas, como se o homem não fosse feito para os gestos patéticos.

Maigret esperava, incomodado, olhando pela janelinha o crepúsculo azulado em que se desenhava o quepe de um gendarme. Sentia, no entanto, o que acontecia às suas costas, adivinhava a sra. Basso se aproximando do marido, agarrando-o pelos ombros, pronunciando com uma voz entrecortada:

– Diga que não é verdade!

E Basso fungava, se levantava, empurrava a mulher, olhava à sua volta com olhos arregalados e turvos, como os de um bêbado. O fogão estava aberto. A velha jogava carvão dentro. Isso projetava um grande círculo de luz vermelha no teto cujas vigas sobressaíam.

O menino olhava para o pai e, como ele, parava de chorar, por uma espécie de mimetismo.

– Acabou... me desculpem – murmurou Basso, de pé no meio do cômodo.

Sentia que estava pesaroso. Sua voz estava cansada. Não restava nele mais um pingo de energia.

– Confessa?

– Não, não confesso. Escutem...

Olhou para os seus com uma careta dolorosa, um longo franzido do cenho.

– Não matei Ulrich. Se tive essa... essa fraqueza, é que me dou conta de que... de que eu...

Estava tão vazio que não encontrava as palavras.

– ... não poderia se desculpar?

Aprovou com a cabeça. Acrescentou:

– Não o matei...

– O senhor dizia a mesma coisa, logo depois da morte de Feinstein. E, no entanto, acaba de confessar...

– Não é a mesma coisa...

– O senhor conhecia Ulrich.

Um sorriso amargo.

– Olhe a data que está na primeira página da caderneta. Faz doze anos... talvez faça dez que vi o velho Ulrich pela última vez.

Recuperava pouco a pouco seu sangue-frio, mas sua voz traía um mesmo desespero.

– Meu pai ainda vivia. Fale do velho Basso com os que o conheceram. Era um homem austero, duro com os outros e consigo mesmo. Ele me dava menos dinheiro para meus gastos miúdos do que tinham meus amigos mais pobres. Me levaram então à Rue des Blancs-Manteaux, à casa do velho Ulrich, que era acostumado a esse tipo de operações.

– Não sabia que ele morreu?

Basso se calou. Maigret martelou sem respirar:

— Não sabia que ele foi morto, transportado de carro até a beira do canal Saint-Martin e jogado na eclusa?

O outro não respondeu. Seus ombros se encolhiam mais. Olhou para a mulher, para o filho, para a velha, que por estar na hora punha a mesa, sem parar de chorar.

— O que vai fazer?

— Vou prendê-lo. A sra. Basso e seu filho podem ficar aqui, se quiserem, ou voltarem para casa.

Maigret entreabriu a porta e disse ao gendarme:

— Traga um carro.

Havia grupos de curiosos na estrada, mas eles se mantinham à distância, como camponeses prudentes que eram. Quando Maigret se virou, a sra. Basso estava nos braços do marido. E este lhe dava automaticamente uns tapinhas nas costas, olhando para o vazio.

— Jura que vai se cuidar — dizia ela, num sopro de voz — e, acima de tudo, acima de tudo... não vá... fazer uma bobagem.

— Sim...

— Jura!

— Sim...

— É por seu filho, Marcel!

— Sim... — repetiu ele, com uma ponta de irritação, desprendendo-se dela.

Será que ele temia se deixar tomar de novo pela emoção? Esperava com impaciência o carro que ouvira ser pedido. Não queria mais falar, nem ouvir, nem olhar. Seus dedos estavam agitados por um tremor febril.

— Você não matou esse homem, não é? Escute, Marcel... Você tem de me ouvir... Pelo... pelo outro não ousarão te condenar. Você não fez de propósito. E provaremos que aquele homem era um mau sujeito. Vou já procurar um advogado, o melhor...

Ela falava apaixonadamente. Queria se fazer ouvir.

– Todo mundo sabe que você é um homem de bem. Pode ser até que consigamos sua liberdade provisória. E, acima de tudo, não se deixe abater. Como... o outro crime não foi você...

E seu olhar desafiava o comissário.

– Vou falar com o advogado amanhã de manhã. Vou trazer meu pai de Nancy, para me aconselhar. Diga! Você se sente com coragem?

Ela não entendia que lhe fazia mal, porque ameaçava tirar o pouco de sangue-frio que lhe restava. Será que ele a ouvia? Ele espreitava os ruídos de fora. Desejava com todas as fibras do seu ser a chegada do carro.

– Irei te visitar, com o seu filho.

Percebia-se enfim um ronco de motor, e Maigret pôs fim à cena.

– Vamos embora...

– Você me jurou, Marcel!

Ela não conseguia deixá-lo ir. Empurrava o menino para ele, a fim de enternecê-lo mais seguramente. Basso estava à porta, descia os três degraus.

Então ela agarrou o braço de Maigret, tão exaltada que o beliscou.

– Fique atento! – arquejou. – Fique atento para que ele não se mate! Eu o conheço.

Ela viu o grupo de curiosos, mas lhes lançou um olhar firme, sem vergonha, sem timidez.

– Espera! Coloque seu cachecol.

E ela foi correndo buscá-lo na casa, estendeu-o pela porta da viatura quando já estava arrancando.

No carro, parecia que o fato de estar entre homens bastava para criar uma descontração. Maigret e Basso ficaram pelo menos dez minutos sem dizer nada, o tempo de sair da estrada departamental e pegar a rodovia de Paris. As primeiras palavras de Maigret pareciam não ter nenhuma relação com o drama.

— Sua mulher é admirável! — falou.

— É... ela entendeu. Talvez por ser mãe! Posso dizer por que me tornei amante de... da outra?

Um silêncio. Ele continuou em tom de confidência:

— Na hora, a gente não pensa. É um jogo... depois a gente não tem coragem de romper. Teme as lágrimas, as ameaças. E eis aonde chegamos!

O cenário se limitava às árvores que desfilavam no halo dos faróis. Maigret encheu o cachimbo, ofereceu a bolsa de fumo ao companheiro.

— Obrigado. Só fumo cigarro.

Fazia bem falar coisas banais, pequenas frases do dia a dia.

— Mas há uma dezena de cachimbos na sua gaveta.

— É. Antes... eu chegava a ser um apreciador entusiasmado do cachimbo. Minha mulher é que me pediu...

Sua voz se quebrou. Maigret adivinhou os olhos baços do companheiro. Apressou-se a acrescentar:

— Sua secretária também lhe é muito dedicada.

— É uma boa moça. Defende ferozmente meus interesses. Deve estar chocada, não é?

— Eu diria, ao contrário, que parece confiar. Prova disso é que ela me perguntou quando o senhor voltava. Numa palavra, todo mundo à sua volta gosta do senhor.

O silêncio tornou a cair. Atravessaram Juvisy. Em Orly, os refletores do campo de aviação varriam o céu.

— Foi o senhor que deu a Feinstein o endereço do velho Ulrich?

Mas Basso, desconfiado, não respondeu.

— Feinstein recorreu com frequência ao agiota da Rue des Blancs-Manteaux. O nome dele está por extenso em seus livros, e as quantias. Quando do assassinato do dono do brechó, Feinstein lhe devia pelo menos trinta mil francos.

Não! Basso não queria responder. E seu silêncio tinha algo de obstinado, de voluntário.

— Qual a profissão do seu sogro?

— É professor de um liceu de Nancy. Minha mulher também cursou a Escola Normal.

Era como se o drama se aproximasse e se afastasse conforme as palavras pronunciadas. Em certos momentos, Basso falava com uma voz quase natural, como se tivesse esquecido da sua situação. Depois, era de repente um silêncio pesado de coisas não exprimidas.

— Sua mulher tem razão. Pelo caso Feinstein, o senhor tem chance de ser absolvido. No máximo, arrisca um ano. Mas no caso Ulrich...

E, sem transição:

— Vou lhe deixar esta noite no plantão da Polícia Judiciária. Teremos tempo, amanhã, para prendê-lo oficialmente.

Maigret sacudiu o cachimbo, baixou o vidro para dizer ao motorista:

— Quai des Orfèvres. Entre no pátio.

Tudo se passou tranquilamente. Basso seguiu o comissário até a porta da cela em que o vagabundo da gafieira também havia sido detido.

— Boa noite! — disse Maigret, vendo se não faltava nada no cubículo. Eu o vejo amanhã. Pense bem. Tem certeza de que não tem nada a me dizer?

O outro estava emocionado demais para falar. Tanto que se contentou em fazer que não com a cabeça.

Confirmo chegada quinta PT Ficarei alguns dias PT Beijos

Foi na quarta de manhã que Maigret enviou esse telegrama à mulher. Estava instalado em sua sala no Quai des Orfèvres e pediu a Jean para levá-lo ao correio.

Alguns instantes depois, o juiz de instrução encarregado do caso Feinstein telefonava.

– Espero lhe entregar esta noite o dossiê completo do caso! Afirmou o comissário.

– ...

– Sim, o culpado também, claro.

– ...

– Não! Um caso dos mais banais! Sim! Até hoje à noite, senhor juiz!

Levantou-se, entrou na sala dos inspetores, onde viu Lucas ocupado, fazendo um relatório.

– E o nosso vagabundo?

– Passei as orientações ao inspetor Dubois. Nada de interessante a assinalar. Victor começou trabalhando no asilo do Exército da Salvação. Parecia levar a sério sua função. Como havia falado do pulmão, os salvacionistas estavam com boa disposição em relação a ele, e acho que o consideravam um recruta sério. Em um mês na certa o teríamos visto com o uniforme de gola vermelha.

– E aí?

– Parece piada! Ontem à noite, um tenente do Exército da Salvação mandou nosso homem fazer sei lá o quê. Ele se recusou a obedecer, pôs-se a berrar que era uma vergonha fazer trabalhar sem dó nem piedade um homem como ele, que sofre de todas as doenças... Depois, como lhe pediam para ir embora, foi às vias de fato. Tiveram de expulsá-lo à força. Passou a noite debaixo do Pont Marie. A esta altura, está vagando pelos cais do Sena. Aliás, Dubois vai lhe telefonar daqui a pouco para informá-lo.

– Como não estarei aqui, diga-lhe para trazer o homem e trancafiá-lo na cela, já tem alguém lá.

– Entendido.

E Maigret voltou para casa, onde, até o meio-dia, preparou suas bagagens. Almoçou numa brasserie nos arredores da Place de la République, consultou o indicador da rede ferroviária e se assegurou de que havia um ótimo trem para a Alsácia às dez e quarenta da noite.

Essas ocupações preguiçosas o levaram devagarinho até as quatro da tarde e, pouco depois, tomava lugar no terraço da Taverne Royale.

Mal havia sentado, e James chegou, e já estendia a mão, buscava o garçom com os olhos, perguntava:

– Pernod?

– Que pergunta...

– Dois Pernod, garçom!

E James cruzou as pernas, suspirou, olhando para a frente como quem não tem nada a dizer, nem a pensar. O dia estava cinzento. Ventanias inesperadas varriam a calçada e levantavam nuvens de poeira.

– Mais uma tempestade! – suspirou James.

E, sem transição:

– É verdade o que os jornais dizem? O senhor prendeu Basso?

– É. Ontem à tarde.

– À sua... Que besteira...

– O que é uma besteira?

– O que ele fez. Um homem sério, de ar sólido, seguro de si, e que se apavora como uma criança. Mais sensato teria sido se entregar desde o começo, se defender... O que ele arriscava, no fundo?

Maigret já tinha ouvido o mesmo discurso da boca da sra. Basso, e esboçou um sorriso divertido.

– À sua! Pode ser que o senhor tenha razão, mas pode ser também que esteja errado.

– O que quer dizer? O crime não era premeditado, não é? No fundo, não se pode nem mesmo chamar de crime.

– Justamente! Se Basso só tem a morte de Feinstein a se recriminar, é um impulsivo e um fraco que perdeu o sangue-frio de maneira estúpida...

E o comissário, bruscamente, tão bruscamente que James se sobressaltou:

– Quanto é, garçom?

– Seis e cinquenta.

– Já vai?

– É que tenho uma entrevista com Basso.

– Ah!

– Aliás, não gostaria de vê-lo? Claro, eu o levo.

No táxi, só trocaram frases banais.

– A sra. Basso suportou bem o golpe?

– É uma mulher muito corajosa. E muito culta! Eu não teria acreditado, ao vê-la tão simples. Principalmente ao vê-la domingo, em Morsang, vestida de marinheiro.

E Maigret perguntou:

– Como vai a sua mulher?

– Muito bem... Como sempre.

– Esses acontecimentos não a perturbaram?

– Por que perturbariam? Sem contar que não é mulher de se perturbar. Ela cuida da casa. Costura. Borda. Passa uma hora ou duas nas lojas de departamento, em busca de uma boa oferta.

– Chegamos. Venha.

E Maigret guiou seu companheiro através do pátio, até a sala de guarda, onde perguntou:

– Estão aí?

– Estão.

– Calmos?

– Menos o que Dubois trouxe esta manhã e que diz que se dirigirá à Liga dos Direitos do Homem.

Maigret apenas sorriu, abriu a porta da cela, fez James passar à sua frente.

Havia apenas um catre, e era o vagabundo que se instalara nele, depois de retirar as alpercatas e o capote.

Basso, no instante em que a porta se abria, andava de um lado para o outro, mãos nas costas. Seu olhar logo pousou, interrogativo, nas duas visitas, deteve-se em Maigret.

Quanto a Victor Gaillard, levantou de mau humor, tornou a sentar e resmungou entre os dentes coisas ininteligíveis.

– Encontrei seu amigo James – disse Maigret – e pensei que gostaria de...

– Boa tarde, James – disse Basso, apertando-lhe a mão.

Mas faltava alguma coisa. Não se saberia dizer o quê. Havia na atmosfera uma reticência, um frio indefinível, que talvez tenha disposto Maigret a precipitar as coisas.

– Senhores – ele começou –, peço que sentem, porque vai levar alguns minutos. Você, ceda espaço no catre. E tente ficar quinze minutos sem tossir. Aqui não cola!

O vagabundo se contentou em dar uma risadinha, como alguém que espera sua hora.

– Sente-se, James. E o senhor também, Basso. Perfeito! Agora, se me permitem, vou tentar resumir em algumas palavras a situação. Tratem de me ouvir atentamente. Faz algum tempo, um condenado à morte de nome Lenoir fez, pouco antes de morrer, uma acusação contra alguém cujo nome se recusou a dar.

"Tratava-se de um crime antigo, cuja banalidade garantiu a impunidade.

"Em poucas palavras, há seis anos, um carro deixava uma rua de Paris e se dirigia para o canal Saint-Martin. Ali, o motorista desceu, amparando no braço um cadáver que estava dentro do carro, e o jogou na água profunda.

"Nunca se teria sabido disso se dois malandros não houvessem assistido à cena. Dois malandros que tinham como nome Lenoir e Victor Gaillard.

"Não pensaram em avisar a polícia. Preferiram tirar proveito da descoberta, foram encontrar o assassino e lhe tomaram regularmente somas mais ou menos importantes de dinheiro.

"Mas eles ainda são principiantes no ofício. Não tomam as devidas precauções e, um belo dia, o banqueiro deles muda de endereço.

"Isso é tudo! A vítima se chama Ulrich. Trata-se de um judeu, dono de brechó, que vive solitário em Paris e pelo qual, portanto, ninguém se interessaria."

Maigret acendeu devagar o cachimbo, sem olhar para seus interlocutores. Em seguida, tampouco os fitou, mas cravou obstinadamente os olhos em seus sapatos.

– Seis anos depois, Lenoir encontra por acaso o tal assassino, mas não tem tempo de reatar relações lucrativas com ele, porque um crime que ele comete por conta própria lhe vale uma condenação à morte.

"Ouçam bem, por favor. Antes de morrer, como já disse, ele pronuncia algumas palavras que me bastam para circunscrever minha investigação a um pequeno círculo bem determinado. Mas também escreve a seu ex-parceiro para lhe anunciar a novidade, e este corre para a gafieira de dois tostões.

"É esse, digamos assim, o segundo ato. Não me interrompa, James. Você também não, Victor.

"Voltemos ao domingo em que Feinstein morreu. Nesse dia, o assassino de Ulrich estava na gafieira de dois tostões. Era o senhor, Basso, ou eu, ou o senhor, James, ou Feinstein, ou qualquer outro.

"Só uma pessoa pode nos dizer com certeza: Victor Gaillard, aqui presente."

Este abriu a boca, e Maigret literalmente gritou:

– Silêncio!

Acrescentou em seguida em outro tom:

– Ora, Victor Gaillard, que é um espertalhão e além do mais um crápula, não quer saber de falar. Ele reclama trinta mil francos para dar o nome. Digamos que com vinte e cinco mil ele diria... Silêncio, que diabo! Me deixem terminar.

"A polícia não costuma oferecer recompensas como essa, e tudo o que ela pode fazer no caso de Gaillard é processá-lo por chantagem.

"Voltemos aos possíveis culpados. Disse há pouco que todas as pessoas presentes no domingo em questão na gafieira de dois tostões podiam ser suspeitas.

"Mas há uma gradação. Por exemplo, está provado que, outrora, Basso conheceu o sr. Ulrich. Está provado que não somente Feinstein também o conhecia, mas que a morte do dono do brechó lhe permitiu não reembolsar a alta soma que lhe devia...

"Feinstein morreu. A investigação mostrou que ele era um personagem pouquíssimo recomendável.

"Se foi ele que matou Ulrich, a ação penal se extingue por si mesma e o dossiê desse caso ficará no ponto em que está...

"Victor Gaillard poderia nos dizer, mas não tenho o direito de aceitar sua chantagem.

"Silêncio, que diabo!... Vocês falarão quando forem questionados."

Era o vagabundo que se agitava e que abria a boca a cada instante para tomar a palavra.

Maigret continuava sem olhar para ninguém. Tinha falado com uma voz monótona, como se recita uma lição.

E de repente se dirigiu para a porta resmungando:

– Volto já. Tenho um telefonema urgente a dar.

A porta se abriu, se fechou e ouviram-se passos que se afastavam na escada.

11. O assassino de Ulrich

— Alô! Sim... Daqui a uns quinze minutos, senhor juiz. Quem? Ainda não sei... Prometo!... Por acaso tenho o costume de brincar?

E desligou, andou de lá para cá em sua sala, aproximou-se de Jean.

— Ah, vou me ausentar por alguns dias a partir desta noite. Aqui está o endereço para onde deverão encaminhar minha correspondência.

Olhou várias vezes para o relógio, decidiu-se enfim a descer até a cela onde havia deixado os três homens.

Quando entrou, a primeira coisa que viu foi o rosto irado do vagabundo, que não estava mais no mesmo lugar, mas percorria o local com passos furiosos. Basso, por sua vez, sentado na beira do catre, tinha a cabeça entre as mãos.

Quanto a James, estava encostado na parede, braços cruzados, e fitava Maigret com um sorriso esquisito.

— Me desculpem por tê-los feito esperar. Eu...

— Resolvido! — disse James. — Mas sua ausência era inútil.

E seu sorriso era mais emocionado à medida que Maigret se mostrava desconcertado.

– Victor Gaillard não vai ganhar seus trinta mil francos nem falando nem se calando. Fui eu que matei Ulrich.

O comissário abriu a porta, chamou um inspetor que passava.

– Tranque este homem em qualquer lugar até daqui a pouco.

E designou o vagabundo, que ainda disparou a Maigret:

– Lembre-se de que fui eu que o levei a Ulrich! Se não fosse isso... E isso vale muito bem...

Essa obstinação em tirar proveito do drama custasse o que custasse já nem era ignóbil, mas lamentável.

– Cinco mil! – gritou da escada.

Eles não eram mais do que três na cela. Dos três, Basso era o mais arrasado. Hesitou por muito tempo, se levantou, plantou-se diante de Maigret.

– Juro, comissário, que quis dar os trinta mil francos. Que falta iam me fazer? James não quis...

Maigret olhou para um e depois para o outro com um espanto que se tingia de uma simpatia crescente.

– Você sabia, Basso?

– Faz tempo – ele murmurou.

E James precisou:

– Ele é que me deu as somas que os dois malandros me extorquiam. Para isso, eu lhe confessei tudo.

– Que idiotice! – irritou-se Basso. – Bastavam trinta mil francos para...

– Não, não... – suspirou James. – Você não pode entender. O comissário também não...

Olhou a seu redor como em busca de alguma coisa.

– Ninguém tem um cigarro?

Basso lhe estendeu sua cigarreira.

– Pernod nem pensar, claro. Não tem importância... Tenho

de começar a me acostumar. Em todo caso, com um seria mais fácil.

E mexia os lábios como um bebedor que fica atormentado pela necessidade da bebida.

– Bom, não tenho grande coisa a dizer. Eu estava casado. Um casamentozinho tranquilo. Uma vidinha qualquer. Encontrei Mado... E, bobamente, acreditei que tinha chegado a hora... Toda a literatura... *Minha vida por um beijo... Uma vida curta mas boa... Cansaço da banalidade...*

Ele tinha uma maneira fleumática de dizer aquilo que dava à sua confissão algo de inumano, de circense.

– Há uma idade em que tudo isso atrai! Garçonnière! Encontros secretos! *Petits fours* e vinho do Porto! Essas coisas custam caro. E eu ganhava mil francos por mês. É toda a história, uma história besta de doer! Não ousava falar de dinheiro com Mado! Não ousava lhe dizer que não tinha com que pagar a garçonnière de Passy! E foi o marido dela que, por acaso, me deu a dica de Ulrich.

– Pediu muito dinheiro a ele? – questionou Maigret.

– Nem sete mil. Mas é muito para quem ganha mil francos por mês. Um dia em que minha mulher estava na casa da irmã, em Vendôme, Ulrich veio, ameaçou, se eu não pagasse pelo menos os juros, ia falar com meus patrões, por um lado, e pedir a penhora dos meus bens depois. Imagine a catástrofe! O diretor e a minha mulher, que ficariam sabendo de tudo ao mesmo tempo!

A voz permanecia calma, irônica.

– Fui um idiota... Primeiro, só queria impressionar Ulrich quebrando sua cara. Mas quando ele ficou com o nariz sangrando, tentou berrar. Apertei seu pescoço. No entanto, eu estava bem calmo, é um erro crer que, nesses momentos, a gente perde a cabeça. Ao contrário! Acho que nunca tive tamanha lucidez. Fui alugar um carro. E segurei o cadáver de tal modo que dava para imaginar que era um amigo embriagado. O resto o senhor sabe.

Já ia estendendo um braço para a mesa, a fim de pegar um copo que não estava lá.

– Só isso! Depois, a gente vive a vida de outro modo. Com Mado, a coisa continuou por mais um mês. Minha mulher tomou o costume de brigar comigo porque eu bebia. E eu tinha de dar dinheiro aos dois indivíduos. Contei tudo a Basso. Dizem que faz bem fazer confidências... Tudo isso é literatura. O que faz bem é recomeçar a vida do começo, voltar a ser uma criancinha no berço...

Era tão cômico e tão comicamente dito que Maigret não pôde conter o sorriso. Percebeu que Basso também sorria.

– Só que – não é mesmo? – seria ainda mais idiota você ir um belo dia ao comissariado e contar que matou um sujeito.

– Então, a gente cria nosso cantinho! – disse Maigret.

– Porque temos que viver!

Era mais triste do que trágico! Sem dúvida por causa da estranha personalidade de James! Para ele era uma questão de honra permanecer simples. Ele tinha o pudor da emoção mínima.

De modo que, no fim das contas, ele era o mais calmo e parecia se perguntar por que os dois outros tinham caras tão transtornadas.

– Os homens têm de ser muito bobos para que o próprio Basso, um belo dia... E com Mado ainda por cima! E não com outra! E a coisa desandou! Se eu pudesse, teria dito que fui eu que matei Feinstein. Assim a gente estaria quite de uma vez por todas. Mas eu nem estava presente... Ele foi bobo até o fim. Fugiu. Eu o ajudei o melhor que pude.

Havia em todo caso algo na garganta de James, e foi por isso que ele guardou silêncio por um bom tempo, antes de retomar sua mesma voz monótona:

– Como se não tivesse sido melhor ele dizer a verdade! Ainda há pouco, ele queria dar os trinta mil francos...

– Era mais simples! – resmungou Basso. – Já agora...

– Agora estou quite de uma vez por todas! – concluiu James. – Com tudo. Com essa porcaria de existência. Com o escritório, o café, com minha...

Não concluiu. Mas quase disse: com minha mulher. Com sua mulher com quem não tinha mais o menor ponto em comum. Com o apartamento conjugado da Rue Championnet, onde passava suas noites lendo sem convicção o que lhe caía na mão. Com Morsang, onde ia de grupo em grupo reunir companheiros para o aperitivo.

Prosseguiu:

– Vou ficar sossegado!

Nos trabalhos forçados! Ou na prisão! Não precisaria mais esperar algo que não acontecia!

Tranquilo em seu cantinho, comendo, bebendo, dormindo em horas fixas, quebrando pedras na estrada ou confeccionando artigos para festas!

– Resumindo, vão me condenar por uns vinte anos, não?

Basso olhou para ele. Mal devia enxergar o amigo, porque as lágrimas embaçavam seus olhos, rolavam sobre suas faces.

– Não fale assim! – berrou, dedos crispados.

– Por quê?

Maigret assoou o nariz, tentou sem perceber acender o cachimbo, que estava vazio.

Tinha a impressão de nunca ter descido tão fundo na escuridão do desespero.

Nem sequer escuro! Não! Um desespero cinzento e fosco! Um desespero sem frases, sem risotas, sem contorções.

Um desespero com Pernod, nem sequer acompanhado de embriaguez, James nunca se embriagava!

O comissário compreendia agora o sentido da atração que os reunia ao entardecer no terraço da Taverne Royale.

Bebiam lado a lado. Trocavam ideias quaisquer, com indolência.

E, no fundo de si, James esperava que a certa altura seu companheiro o pegasse! Espreitava em Maigret a suspeita nascente. Essa suspeita, ele alimentava, via crescer. Esperava.

– Um Pernod, velho?

Ele o tratava com intimidade. Gostava dele como de um amigo que ia libertá-lo de si mesmo.

E enquanto Maigret e Basso trocavam um olhar indefinível, ouviram James dizer, esmagando a ponta do cigarro na mesa de madeira:

– O chato é não poder partir logo. O processo... Os interrogatórios... Gente que chora ou tem dó...

Um inspetor entreabriu a porta.

– O juiz de instrução está aqui! – anunciou.

E Maigret ficou indeciso, não sabendo como sair. Deu um passo à frente, estendeu a mão suspirando.

– Escute! Pode me recomendar a ele, por favor? Peça a ele apenas que tudo corra rápido! Confesso tudo o que quiserem. Mas que me mandem o mais depressa possível para um cantinho...

Quis corrigir a gravidade destas últimas frases e proferiu, como conclusão:

– Um que vai fazer uma cara assim vai ser o garçom da Taverne Royale! O senhor irá lá de novo, comissário?

Três horas depois, este rodava para a Alsácia, num compartimento de segunda classe e, ao longo do Marne, viu uma série de gafieiras, todas parecidas com a gafieira de dois tostões, com a pianola sob um barracão de madeira.

Quando acordou de manhã cedinho, havia, diante do trem parado, uma barreira pintada de verde, uma pequena estação cercada de flores.

A sra. Maigret e a irmã, já inquietas, olhavam para as portas, uma a uma.

E aquilo tudo, a estação, o campo, a casa dos parentes, as colinas ao redor, o próprio céu, tudo era fresco como se todas as manhãs tudo fosse lavado de maneira abundante.

– Ontem, em Colmar, comprei uns tamancos envernizados para você. Olhe...

Belos tamancos amarelos, que Maigret quis experimentar antes mesmo de tirar seu terno escuro de Paris.

OUTRAS HISTÓRIAS DO

COMISSÁRIO MAIGRET

Um crime na Holanda

"– Olhe... – murmurou Duclos, apontando o cenário que os circundava, a cidade asseada e organizada como a mesa de uma boa dona de casa [...].

– Todos ganham suas vidas... Todos são razoavelmente felizes... E, sobretudo, todos refreiam seus instintos, porque essa é a regra, uma necessidade para quem pretende viver em sociedade."

Quando um professor francês em visita a um pacato vilarejo da Holanda se vê acusado de assassinato, o comissário Maigret é enviado para investigar o caso. A comunidade parece satisfeita em culpar um estrangeiro desconhecido, mas algumas pessoas parecem saber mais do que demonstram. Nesta sétima jornada de Maigret, o carismático investigador francês aprende a duvidar de suas certezas.

OUTRAS HISTÓRIAS DO

COMISSÁRIO MAIGRET

O caso Saint-Fiacre

"Maigret empurrou a porta, parou por acaso numa saída de ar quente. Em pé, ligeiramente apoiado na mesa gótica, o conde de Saint-Fiacre o fitava.

Ao lado dele, olhos fixos no tapete, o padre mantinha uma imobilidade rigorosa, como se um só movimento bastasse para traí-lo.

O que os dois faziam lá, sem falar, sem se mexer?"

A vida pregressa de Maigret vem à tona neste romance, ambientado na cidade natal do comissário. Ao encontrar um bilhete anônimo que prenuncia um crime durante a missa de Finados, ele volta ao vilarejo depois de muitos anos ausente e se depara com lembranças perturbadoras.

OUTRAS HISTÓRIAS DO

COMISSÁRIO MAIGRET

Sombras na Place des Vosges

"As luzes começavam a se apagar nas janelas. A silhueta do defunto permanecia delineada no vidro fosco.

Um táxi chegou. Ainda não era o Ministério Público. Uma jovem atravessou o pátio celeremente, deixando atrás de si um rastro de perfume, e empurrou a porta do escritório."

Raymond Couchet, dono de um grande laboratório de soros, é assassinado em seu escritório na Place des Vosges. No Hôtel Pigalle, vivem a amante da vítima e o filho do primeiro casamento de Raymond, o qual logo desperta as suspeitas de Maigret. Mas de repente, o filho comete suicídio. E ele sabia o que estava por trás da morte do pai.

OUTRAS HISTÓRIAS DO

COMISSÁRIO MAIGRET

A dançarina do cabaré

"No escuro, parece amplo feito uma catedral. A impressão é de um vazio imenso. Lufadas de calor continuam emanando dos aquecedores.

– Luz! – sussurra Chabot.

Delfosse risca um fósforo. Param um instante, para recobrar o fôlego e estudar o trajeto a ser percorrido. De repente, o palito de fósforo cai, enquanto Delfosse dá um grito lancinante e se arroja na direção da porta do banheiro. Na escuridão, não a encontra. Retorna, esbarra em Chabot."

Em Liège, cidade belga onde Simenon nasceu, Maigret observa à distância dois garotos acusados de assassinar um rico estrangeiro. Quando a amizade entre os suspeitos é posta à prova, o comissário encontra as pistas para desvendar o enigma.

OUTRAS HISTÓRIAS DO

COMISSÁRIO MAIGRET

A cabeça de um homem

"Os jornais desta manhã publicam um comunicado semioficial anunciando que Joseph Heurtin, condenado à morte pelo tribunal do júri do Sena e detido na Santé, na ala de segurança máxima, fugiu em circunstâncias inexplicáveis.

Podemos acrescentar que as circunstâncias não são inexplicáveis para todo mundo.

Ainda não é possível darmos detalhes da odiosa comédia encenada esta noite na Santé, mas afirmamos que foi a própria polícia, em concordância com as autoridades judiciárias, que presidiu ao simulacro de evasão."

Maigret tenta provar a inocência de um homem condenado à morte pelo assassinato brutal de duas mulheres. Enquanto se desenrola seu plano, ele encontra expatriados americanos cheios de segredos capazes de trazer a verdade à tona.

ESTA OBRA FOI COMPOSTA EM GUARDIAN TEXTEGYP
POR RITA DA COSTA AGUIAR E IMPRESSA EM OFSETE
PELA GEOGRÁFICA SOBRE PAPEL PÓLEN SOFT DA
SUZANO PAPEL E CELULOSE PARA A EDITORA SCHWARCZ
EM MARÇO DE 2016